Bea le Papillon

Hanna Jung

Bea le Papillon

Fantasy

Hanna Jung

Mit Illustrationen der Autorin

Bibliografische Information der Deutschen Nationalbibliothek:
Die Deutsche Nationalbibliothek verzeichnet diese Publikation in der
Deutschen Nationalbibliografie; detaillierte bibliografische Daten sind
im Internet über http://dnb.dnb.de abrufbar.

Lektorat: Lara Andrea Habegger
Covergestaltung: Annika Boderke
Illustrationen und Buchsatz: Hanna Jung
Herstellung und Verlag: BoD – Books on Demand, Norderstedt
ISBN: 978-3-7534-9964-2

Pour notre
enfant intérieur

Anmerkung der Autorin

»Bea le Papillon« habe ich für keine bestimmte Ziel- oder Altersgruppe geschrieben. Die Geschichte ist für alle Fantasy-begeisterten Leser und Leserinnen geeignet, die sich gern in fernen Welten verlieren und nebenbei etwas über das Leben und sich selbst erfahren möchten. Doch seid euch bewusst, dass Beas Suche nach dem verlorenen Glück durch Licht, aber auch durch Schatten führt. Die Wahrheit schmerzt, doch sie macht uns frei – sei bereit!

Über die Autorin

Hanna Jung ist das Pseudonym einer Autorin, die im Selfpublishing veröffentlicht. Hanna wohnt mit ihrem Mann und ihren beiden Kindern im Bayerischen Wald. Sie ist neben ihrer Tätigkeit als Autorin auch als freie Lektorin tätig. Bücher haben in Hannas Familie schon immer einen hohen Stellenwert, denn nichts ist wertvoller als ein freier Geist und eine blühende Fantasie. Bisher hat die Autorin über BoD die Kinderbuchreihe »Waldemar Wildwood« und die Anthologie »Tiefen einer Götterseele« veröffentlicht.

Folge Hanna auf Instagram, um mehr über ihre Projekte zu erfahren.
@hanna_jung.autorin
@lektorat_felidea

Oder schreibe ihr eine E-Mail, wenn du Fragen hast.
hannajung.autor@gmail.com
lektorat.felidea@gmail.com

Besuche unseren Selfpublisher-Onlineshop
www.uncoveredbooks.at

Alle Einnahmen der Bücher fließen in Spenden
an soziale Projekte.

Der Berg

Sie stand hinter dem Apfelbaum und beobachtete ihn von ihrem Versteck aus. Wie er durch den Garten schlich, als wäre er ein Tiger auf der Jagd.

Der Duft der Blüten und das Summen einer Biene drangen zu ihr. Das feuchte Gras kitzelte ihre Waden.

Der Frühling hatte seine Geschenke ausgebreitet und jeder durfte sich ein Päckchen nehmen.

Eins schöner als das andere.

Gefühle, die aufplatzten wie eine Knospe, endlich frei. Die Farben der Blüten quollen über und rissen die Sinne mit fort in die Welt der Düfte und Schönheiten, in das neue Leben.

Er stand drüben und suchte neben dem Rhododendron. Seine dunklen Locken vermischten sich mit den weißen Blüten. Bea kicherte hinter vorgehaltener Hand.

Was für ein Dummkopf und blind obendrein. Doch ihr Herz klopfte wie verrückt, wenn sie Fabian ansah.

Die Rinde unter ihren Fingern war so rau wie ihr Herz und auch die tiefen Risse ähnelten sich.

Bea lehnte ihren Kopf an den Stamm und zählte leise die Sekunden.

Sie war die Letzte, die Fabian noch suchen musste, und sie ließ ihn zappeln. Es war ein Fest, ihn ohne Mühe beobachten zu können. Ohne Angst, jeder könnte sehen, wie gern sie ihn betrachtete.

Sie hörte das Geschnatter der Mädchen, die im Garten warteten. Wahrscheinlich machten sie sich über die Kekse und Limonade her, die ihnen Beas Großmutter herausgebracht hatte. Bei dem Gedanken an das begehrte Honig-Mandel-Gebäck passte Bea für einen Moment nicht auf und vergaß, still zu stehen. Hatte sie ihre Hand hinter dem Baum hervorschauen lassen? Oder das Knie? Sofort machte sie sich wieder regungslos wie eine Katze kurz vorm Sprung auf ihre Beute.

»Hab dich!«

Bea entfuhr ein Quietschen. Jemand packte sie bei den Schultern und wirbelte sie herum. Ihr Gedanke an die Süßigkeiten ihrer Großmutter und die Freundinnen, die alles allein verputzten, hatte Bea mit Haut und Haaren aufgesogen. Sie war einfach zu verfressen – Leckereien raubten ihr den Verstand, fast wie bei einem Bienchen, wenn es Nektar roch.

»Hey!« Bea versuchte, sich ihm zu entwinden, aber Fabian kitzelte sie, ließ sie einen Moment los, um dann wieder ihren Arm zu greifen und sie heranzuziehen. Bea protestierte und kreischte, doch sie genoss seine Nähe. Sie liebte seinen Duft, der eine Mischung aus Sägespänen, Harz und Tannennadeln war.

»Komm, sonst essen die alle Kekse auf!«, sagte er, hielt inne und zog seine Hände weg.

Die beiden standen sich gegenüber. Bea sah in sein Gesicht, das aussah wie das des Piraten aus ihrem Lieblingsbuch. Fehlten nur noch der Papagei auf der Schulter und die Augenklappe.

Die Narbe über der Lippe hatte er bereits. Wahrscheinlich von einem seiner Kämpfe auf hoher See, von denen er zu oft träumte.

Doch auch sie träumte gern – von ihrer Rolle als Piratenprinzessin mit wilder Lockenmähne und einem silbernen Dolch in der Hand.

Fabians Mundwinkel zuckten und er prustete los. »Was für nen Geist siehst du denn?« Er hielt sich die Hand vor den Mund und Bea drehte sich von ihm weg.

Wie konnte er es nur wagen, sie auszulachen? Sie hatte wohl wieder ihr typisches Eulengesicht gemacht. Doch anstatt sich über sie zu amüsieren, sollte er Bea anhimmeln und ihre Schönheit bewundern, sie war doch seine Prinzessin.

»Jetzt komm schon!«, forderte Fabian und drängelte sich an ihr vorbei, gab ihr im Vorbeigehen einen Klaps auf die Schulter und steuerte auf das Stimmengewirr in Richtung Terrasse zu.

Nie würde Bea ihm erzählen, was er in ihr auslöste. Niemals. Die Blöße wollte sie sich nicht geben. Lieber würde sie hier und jetzt diese Baumrinde essen. Der Hohlkopf sollte von selbst drauf kommen!

»Bea! Bea!«, ertönte plötzlich die Stimme ihrer Mutter. Bea stand noch immer am Apfelbaum, als hätte sie selbst Wurzeln geschlagen und sich mit dem Baum vernetzt.

»Bea, schnell, komm zu mir! Es ist wichtig!« Sie klang, als würde das Haus brennen. Ihre Stimme stolperte, sie rang nach Luft und hastete auf Bea zu. Ein Korb hing an ihrem Arm und an den Füßen trug sie Wanderschuhe. Seltsam.

Dieser Gesichtsausdruck erinnerte Bea an letzte Woche, als der alte Baldur die gesamte Dorfgemeinschaft gewarnt hatte, dass ein schwerer Sturm aufziehen würde.

Er war panisch von Haus zu Haus gelaufen und hatte geschrien:

»Sperrt euch ein, macht Tür und Tor zu, der Todessturm ist im Anmarsch, ich habe es gesehen, ganz deutlich habe ich es gesehen!«

Bea entriss sich ihren Wurzeln und eilte zu ihrer Mutter. »Was ist los, Mama?«

»Deine Großmutter ist von einer Schlange gebissen worden, ich muss sofort Alpenveilchen besorgen. Das hilft. Bis ein Arzt hier hochkommt, könnte es zu spät sein.« Beas Mutter redete wie ein Platzregen. Die Sache musste wirklich ernst sein.

»Kommst du mit mir?«, fragte sie Bea.

Fabian. Er wartete bei den Mädchen. Und sie würden ohne Bea Spaß haben. Bea dachte an ihre Großmutter und ihre Mutter und auch an ihre Freunde. Sie schwankte hin und her wie ein Pendel, das nie stillstand.

»Ist in Ordnung, Kind. Schau zu den anderen. Ich schaff es allein. Ist womöglich auch besser, dann bin ich schneller!«

Bea nickte.

»Sieh bitte nach Großmutter. Sie ist oben im Bett. Vielleicht gibst du ihr ein Glas Wasser und einen kalten Lappen gegen das Fieber.«

»Ist gut, mach ich. Beeil dich, Mama.«

Nachdem Bea ihre Freunde nach Hause geschickt hatte, hastete sie die Holztreppe hoch. Die Holzdielen knarzten unter ihren nackten Füßen. Ebenso die Tür, die Bea vorsichtig öffnete. Eingehüllt in eine Wolldecke mit bunten Streifen und Fransen an den Enden lag die Großmutter in ihrem Bett.

Sie schlief. Ihr Gesicht glänzte vom Schweiß und ab und zu zuckte ihr Körper.

Das Sonnenlicht fiel zum Fenster herein und offenbarte die Staubkörner, die wie Feenstaub im Lichtstreifen flimmerten.

Bea kroch die Sorge wie ein Käfer die Kehle hinauf und erschwerte ihr das Atmen. Es kratzte und drückte. Sie griff sich mit der Hand an den Hals und wusste nicht, was sie tun sollte. Ihr Blick huschte aus dem Fenster in Richtung des Berges. Hoffentlich käme ihre Mutter schnell zurück.

Doch Stille war das Einzige, was zurückkam.

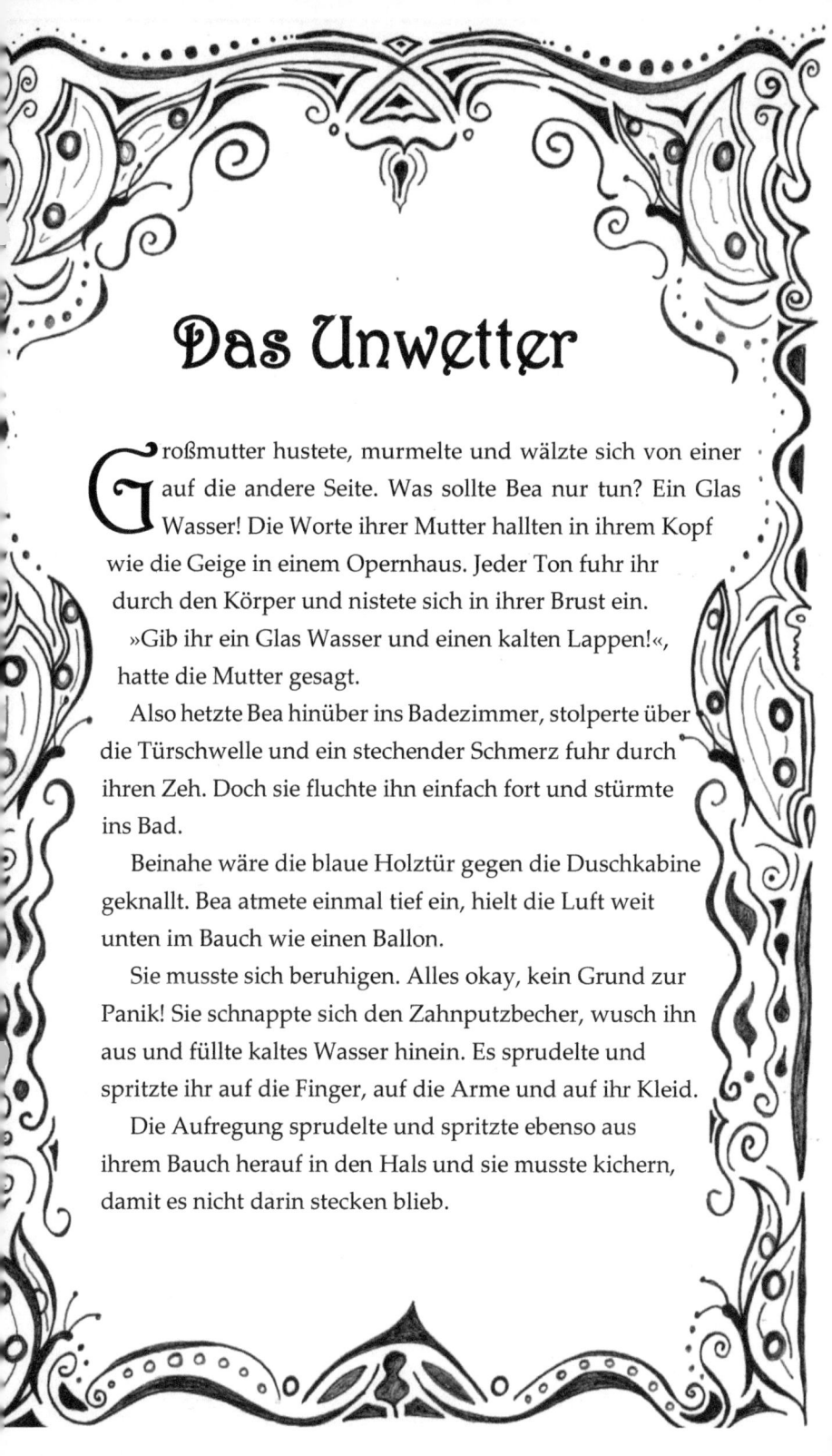

Das Unwetter

Großmutter hustete, murmelte und wälzte sich von einer auf die andere Seite. Was sollte Bea nur tun? Ein Glas Wasser! Die Worte ihrer Mutter hallten in ihrem Kopf wie die Geige in einem Opernhaus. Jeder Ton fuhr ihr durch den Körper und nistete sich in ihrer Brust ein.

»Gib ihr ein Glas Wasser und einen kalten Lappen!«, hatte die Mutter gesagt.

Also hetzte Bea hinüber ins Badezimmer, stolperte über die Türschwelle und ein stechender Schmerz fuhr durch ihren Zeh. Doch sie fluchte ihn einfach fort und stürmte ins Bad.

Beinahe wäre die blaue Holztür gegen die Duschkabine geknallt. Bea atmete einmal tief ein, hielt die Luft weit unten im Bauch wie einen Ballon.

Sie musste sich beruhigen. Alles okay, kein Grund zur Panik! Sie schnappte sich den Zahnputzbecher, wusch ihn aus und füllte kaltes Wasser hinein. Es sprudelte und spritzte ihr auf die Finger, auf die Arme und auf ihr Kleid.

Die Aufregung sprudelte und spritzte ebenso aus ihrem Bauch herauf in den Hals und sie musste kichern, damit es nicht darin stecken blieb.

Noch ein bisschen laufen lassen, es beruhigte sie irgendwie und Bea konnte wieder denken. Großmutter! Sie musste zu ihr.

Bea trat über die Türschwelle, diesmal ohne den Schmerz. Doch nun wartete schon das nächste Unheil auf sie. Wer hatte das Licht da draußen ausgeknipst? Bea blieb stehen und ließ ihren Blick durch das dunkle Zimmer schweifen.

Sie sah die Umrisse des Bettes, wo Großmutter lag, den Stuhl daneben und das Fenster.

Das tanzende Sonnenlicht war verschwunden. Von einen auf den anderen Moment. Ein Gewitter? Oh nein, bitte nicht! Das war das Letzte, was sie jetzt gebrauchen konnten. Mutter war immer noch in den Bergen. Dort oben zu sein, bei einem Unwetter, war wie über ein Brückengeländer zu balancieren. Oder über dünnes Eis zu spazieren. Oder wie Fabian zu sagen, dass sie Herzklopfen bekam, wenn sie ihn sah.

Bea ging zum Bett.

Sie tastete nach dem Nachtkästchen, knipste die Lampe an und stellte das Glas neben das Foto, von dem ihr Mama, Großmutter und sie selbst – einige Jahre jünger – entgegen lächelten. Das war Mutters Geburtstag gewesen, Bea erinnerte sich genau. Sie hatte ihrer Mutter an diesem Tag das erste Mal einen selbstgepflückten Blumenstrauß geschenkt und war stolz wie ein junges Reh gewesen, das die ersten Schritte macht.

Ein Brodeln fuhr durch das Zimmer, bis in Beas Füße und Beine hinein. Tausende kleine Käfer krabbelten hinauf – so fühlte es sich zumindest an. Es donnerte wie ein Paukenschlag und die Erde erzitterte. Grüne Lichtblitze durchzuckten den Raum. Die Stille wurde zerfetzt und zerplatzte wie ein Luftballon. Die Welt geriet aus den Fugen.

Doch warum dieses Grün? Das waren keine gewöhnlichen Blitze. Bea ging zum Fenster und was sie dann sah, vereiste ihre Blutbahnen und lähmte ihre Muskeln.

»Meine Güte!«, murmelte sie. Was verdammt nochmal war das nur? Sie blickte zu ihrer Großmutter, die sich unruhig hin und her wälzte. Bekam sie etwas mit oder hatte sie zu hohes Fieber? Ihre Augen jedenfalls waren geschlossen.

Bea ging um das Bett herum, fuhr mit der Hand über die Decke, als wolle sie sich daran festhalten. Sie öffnete das Fenster und beugte sich hinaus. Ihr Blick war fest auf den Berg geheftet. Auf den Gipfel und auf das, was dort oben war. Bea konnte das Bild, das sie sah, nicht mit den Bildern, die sie kannte, verbinden und so kollabierten ihre Gedanken wie ein heiß gelaufener Computer. Sie stürzten ab – sozusagen.

Der Wind nahm zu. Er heulte über die Felder und um die Häuserecken herum. Wie ein Ungeheuer trieb er dort draußen sein Unwesen. Dabei zog er die Dunkelheit mit sich, nur die Sterne und der Mond gaben etwas Licht ab, lediglich so weit, dass man Umrisse erkennen konnte.

Die Bäume ächzten wie schwer arbeitende Menschen, die Äste knarzten, als brächen sie jeden Moment auseinander wie zu dünne Knochen. Das Laub rauschte, als läge das Meer vor der Tür – die Natur rundherum war bis auf das letzte Staubkorn in Bewegung. Ein Konzert der Bäume, Sträucher und des Windes. Dirigiert von den lautlosen Blitzen, die nicht vom Himmel kamen, sondern vom Berg.

Plötzlich hörte Bea Stimmen. Eine tiefe und eine helle. Sie hörte eine Tür knallen, Treppen knarzen. Dann riss jemand die Tür zum Zimmer auf und Bea beobachtete durch einen Nebel, wie ihre Mutter und – scheinbar ein Arzt – hereinkamen und zu Großmutter eilten. Sie schlugen die Decke zurück. Der Mann legte seine Hand auf die Stirn der Fiebernden. Er musste sich weit hinunterbeugen, denn er war riesengroß.

Bea sah das alles, als wäre sie unter Wasser. Die Stimmen verzerrt, die Personen verschwommen. Noch immer bebte die Erde, Wände wackelten und dann dieses ohrenbetäubende Rauschen. Hinzu kam der Weltuntergang dort draußen, das seltsame Ding, das sich auf den Gipfel des Berges hinabgesetzt hatte, wie ein Teller mit Lichtern. Grüne Lichter, die bis zu Bea strahlten. Dieses Objekt schien nicht von dieser Welt, es war bedrohlich. Ein Dirigent des Unwetters.

Von dieser Sekunde an konnte Bea nichts mehr fühlen. Das Leben änderte sich innerhalb eines Donnerschlages. Eine Tür wurde geschlossen und ihr eine Brille aufgesetzt, Fesseln angelegt und die Gedanken – wie Kaugummi – so zäh und gelähmt. Die Großmutter, die Mutter und die Wände des Zimmers, all das entfernte sich von Bea. Doch das Rauschen des Sturmes rückte näher. Die Blitze vom Berg strahlten umso heller.

Es war, als wären ihre Gefühle, Gedanken und Erinnerungen aus ihr herausgesaugt worden. Sie sah alles und konnte nichts mehr empfinden. Als würde sie träumen.

Der Arzt gab ihrer Großmutter eine Spritze, Mama löffelte ihr das Veilchen-Serum in den Mund und Bea stand einfach nur da und sah zu wie bei einem Theaterstück. Nur, dass keiner dabei klatschte.

Die Dunkelheit

Der Boden unter ihren Füßen brodelte wie ein Vulkan - ein schlafender Riese. Was war es, das ihn aus dem Schlaf gerissen hatte? Wer hatte ihn geweckt und somit seine Wut freigesetzt? Sein tiefes Grollen ließ die Wände erzittern. Bea kauerte sich auf den Sessel, der am Fenster stand. Die weichen Kissen zogen sie an sich, umarmten sie wie ein tröstender Freund.

Dieser Tag, an dem das Licht verschwunden und der Riese erwacht war, wurde Alltag. Jeden Morgen wartete Bea auf den Sonnenaufgang, wartete, dass die Nebeldecke aufbrach, die über dem Ort lag. Jeden Abend blickte sie zu den Sternen und zählte sie.

Das Licht der Sonne war nach wenigen Wochen der Finsternis nurmehr eine entfernte Erinnerung. Sah Bea in die andere Richtung, dorthin wo der Berg war, fand sie stets dasselbe Bild vor.

Noch immer hockte das Ding auf der Spitze wie eine Spinne, die Gift versprühte und Leben aussaugte. Das Dorf war wie eine Fliege, die tot und ausgetrocknet in einer dunklen Ecke lag. Und die Bewohner: kleine Mücken, gefangen im Spinnennetz.

Beas Freunde verschwanden aus ihrem Leben.

Ihre Mutter sagte, das Dorf sei wie leergefegt. Keine Menschenseele weit und breit. Seit dem Tag, als das Ding gelandet war. Dieses außerirdische Objekt, was hatte es zu bedeuten? Keine der drei Frauen wollte über das Licht dort oben sprechen, das aussah, als käme es aus einer anderen Welt.

Nichts war mehr so wie zuvor. Großmutter erholte sich nur langsam von dem Schlangenbiss. In dem Alter regeneriert sich der Körper nicht mehr so gut. Mutter steckte all ihre Energie in die Pflege ihrer Mutter. Bea beobachtete sie von ihrem Platz am Fenster aus. Wie eine fleißige Ameise krabbelte Mutter von einem Eck ins andere. Nur niemals ruhen.

Bea war umgeben von Watte. Gedämpfte Stimmen. Ferne Gesichter. Sie konnte den Tag nicht vom Abend unterscheiden. Den Sommer nicht vom Winter. Die Welt war ein Nebelmeer. Die Zeit ein Wolf im Schafspelz. Die Körner rieselten unaufhaltsam zwischen den Fingern hindurch.

Die Erinnerungen stachen wie Dornen. Bea sah das Licht. Golden schimmerte die untergehende Sonne. Lachende Gesichter. Wärme. Geborgenheit und – Glück. Das war alles so weit weg wie der Feuerball selbst. Unendlich und unerreichbar. Nur ein Traum. Eine Reflexion. Eine Fata Morgana.

Fabian. Auch er war nur noch eins von vielen unscharfen Bildern im Kopf. Ein Traumbild. Weit entfernt. Würde sie ihn jemals wiedersehen? Wo war er, was war mit all den Menschen geschehen? Bea saß auf ihrem Stuhl und blickte aus dem Fenster. Sie konnte die Umrisse des Apfelbaumes sehen, da, wo Fabian sie geschnappt hatte, am letzten Tag, bevor alles dunkel wurde.

Sie versuchte, sich an mehr zu erinnern, um wenigstens in Gedanken glücklich zu sein – doch selbst Fabian verschwamm vor ihrem geistigen Auge.

Wo waren sie alle? Kein Mensch kann verpuffen wie Wasserdampf oder Seifenblasen. Großmutter sagte, sie seien von dem Ding aufgesaugt geworden. Wie die Motten vom Licht waren sie angelockt und dann verschlungen worden. Doch sicher wusste sie es nicht. Und warum waren sie drei dann noch hier? Warum waren sie die Einzigen weit und breit?

Verwaiste Häuser, verwilderte Gärten. Dornenranken, die sich die Hauswände empor fraßen. Klappernde Fensterläden, streunende Hunde und Katzen, die nach Nahrung suchten – ihr Napf war von einen auf den anderen Tag nicht mehr gefüllt worden. Bald kamen Füchse und Wölfe, sogar Rehe und ein Wildschwein hatten die leeren Häuser gewittert und durchforsteten die Speisekammern.

Bea saß am Fenster in ihrem Sessel. Ihre Hand strich über das Rosenmuster auf der Lehne. Vielleicht könnte sie der Blume Leben einhauchen, sie blühen und duften lassen. Sie blickte auf und beobachtete Großmutter und Mutter, die sich in einem Netz aus Wörtern und Klagelauten verhedderten.

Immer wieder hörte sie ihren Namen aus dem Buchstabensalat der Sprechenden. Doch Bea nahm die beiden Frauen nur aus den Augenwinkeln wahr, die Realität rückte von Stunde zu Stunde weiter von ihr fort. Wie eine Wolke, die langsam vorüberzog. Beas Blick war Tag und Nacht nur auf das grüne Licht gerichtet. Sie wollte nicht verpassen, wenn das Objekt wieder fortfliegen würde. Die Lichtblitze zuckten regelmäßig über das Land. Bea kannte die Muster der Strahlen in und auswendig.

Die Stimmen verklangen und Stille trat ein. Ein Tee wurde zu Bea aufs Fensterbrett geschoben. Irgendein Gemurmel drang zu ihr. Der Dampf von heißem Wasser stieg ihr ins Gesicht.

Bea wusste, dass es Tee war, aber sie besaß keinen Geruchssinn mehr, auch schmeckte sie die Sorte nicht. Für sie war es nur heißes Wasser. Der Dampf schlug gegen das Fenster und die Welt da draußen wurde noch grauer.

Die Krankheit

Dann kam er, der erste von vielen Ärzten, die Bea in den nächsten Jahren besuchen sollten. An ihn erinnerte sie sich später noch, ebenso an den letzten. Sieben Jahre sollte Bea im Sumpf der Krankheit hocken wie ein Monster.

Die Dunkelheit haftete an ihr wie Teer. Sie konnte ihre Arme nicht heben, denn lange Fäden klebten sie an ihrem Bett fest.

Der Arzt, den ihre Mutter das erste Mal mitbrachte, war wie einem Märchen entsprungen.

Er wirkte unecht wie eine Stoffpuppe. Seine weißen Haare standen in sämtliche Richtungen ab, ebenso die buschigen Brauen, die seine Augen halb verdeckten.

Bea hörte ihn brummeln und seine Falten auf der Stirn wurden mehr. Als er sich zu ihr beugte, glänzten Bea zwei Pupillen entgegen, die so groß wie Knöpfe waren.

Plötzlich durchströmte Bea ein vertrautes Gefühl. Eine vage Erinnerung. Doch die Bilder verschmolzen zu einem Klecks. Wie bei einem Gemälde, bei dem zu viel Wasser benutzt worden war und die Formen nun ineinanderflossen, so dass nichts mehr zu erkennen war.

Wenn man alle Farben mischte, ergäbe es ein schlammiges Braun. Das Bild, das sich einzig und allein daraus ergab, war wieder der Sumpf der Krankheit in dem Bea hockte.

Der Arzt beäugte Bea wie ein exotisches Tier. Er packte jede Menge Gerätschaften aus, klopfte auf ihr Knie, zapfte ihr Blut ab wie ein Vampir und zog an ihren Ohren, Armen und Händen herum. Bea konnte nichts sagen, fragen, sich nicht bewegen. Der Sumpf umschloss sie fest und sie versank darin wie ein Stein.

Dieser Tag war der erste, an dem die Zahlen zu Bea kamen. Dort unten auf dem Grund des Sumpfes tanzten sie plötzlich wie Schneeflocken um sie herum und Bea begann, sie zu zählen. Während sie zählte, verschwand der Sumpf und es war, als hockte sie vor einer weißen Leinwand. Oder inmitten weißer Wolken. Es beruhigte sie.

Die Zahlen waren Beas Freunde – wenn auch nur für Augenblicke. Am liebsten mochte sie die Sieben.

»Da haben wir einen eindeutigen Fall, meine Gnädigste. Verlust der Nerven und der Hoffnung. Da helfen nur bunte Pillen«, sagte der erste Arzt und alle folgenden taten es ihm gleich. Jeder, der Bea behandelte, hatte ein noch besseres, noch neueres und ganz sicher wirksames Medikament und doch blieb Bea Tag und Nacht in ihrem Blumensessel hocken und spielte mit den Zahlen im Kopf.

Bea zählte die Ärzte, zählte die Pillen und zählte die vielen Male, die ihre Mutter sie nervte, sie solle doch endlich wieder sprechen. Doch Bea blieb stumm. Manchmal schenkte sie ihr ein Blinzeln oder ein Zucken der Mundwinkel. Zu mehr war sie nicht fähig.

Warum niemand kam und das Ding dort oben auf dem Berg entfernte, wusste Bea nicht und sie fragte auch nicht, denn ihre Zunge klebte fest. Sie zählte lieber die Nebelgeister, die vor dem Fenster vorüberzogen.

Bea verlor ihre Fähigkeiten. Der Schlüssel zum Glück war das Leben selbst. Sie konnte nicht mehr tanzen und auch nicht mehr singen. Sie verlor ihren Mut, den Glauben und die Fantasie. Das Wichtigste aber, was Bea davonschwamm, waren ihre Träume und Erinnerungen.

Kein Arzt dieser Erde konnte ihr helfen. Keine Pille und keine Medizin brachten ihr das Leben zurück. Es war wie ein Feuer, das alles niederbrannte. Nur die graue Asche blieb liegen. Dieses Häufchen war Bea selbst.

Der letzte Arzt kam kurz nach Beas vierzehntem Geburtstag. Sie wusste das, denn sie hatte die Kerzen auf dem Erdbeerkuchen gezählt. Sie zählte auch die Erdbeerstückchen, die ihre Großmutter darauf verteilt hatte.

In dem Augenblick, in dem ihr der Arzt seine Hand reichte, wusste Bea, dass er die Veränderung mit sich brachte wie der Winter den Schnee.

Er war ein Engel, ein Held, ein Heiliger. All das sah Bea an den Zahlen, die um ihn herumschwirrten. Es war die Sieben, hunderte Male. Er musste etwas Besonderes sein. Außerdem erinnerte er Bea an Fabian. Die Erinnerung blitzte auf und fiel herab wie eine Sternschnuppe. Sie hielt ihre Hände auf und verschloss diese Erkenntnis wie einen Schatz.

»Ich verordne dem Mädchen die Natur, hinaus mit ihr! Sie braucht Leben, Bewegung und die Elemente. Was nützen die dummen Pillen? Schmeißt diesen Unrat weg!«

Die Mutter und Großmutter standen dort wie zwei Bäume. Starr und stumm und knorrig. So etwas hatten sie noch nicht erlebt. Dieser Arzt musste den Verstand verloren haben. Wie sollten sie Bea nur nach draußen befördern? Sie wollte sich nicht rühren und außerdem war sie schwerkrank!

Doch gesagt, getan. Was ein Arzt befahl, war Gesetz. Heute wie gestern und morgen. Der weiße Kittel ist allmächtig, auch wenn es noch so lächerlich erscheint.

Der Arzt streichelte Bea übers pechschwarze Haar. Er legte den Kopf schief und sprach mit einer Schokoladen-Stimme, so lockend und so süß: »Mein hübsches Kind, geh hinaus und ich verspreche dir, das Licht kehrt zu dir zurück. Vertraue mir.«

Aber überall war dieser Nebel. Das einzige Licht, das Bea sah, waren die grünen Strahlen, die vom Berg herunterfielen. Nein! Draußen warteten das Verderben und der Tod. Bea hatte Angst, ihr schützendes Haus zu verlassen, das Ding könnte sie und ihre Mutter und die Großmutter aufsaugen wie ein Stück Papier.

Doch Bea dachte nur und sagte nichts. Der Arzt nahm sie unter ihren Arm und trug sie hinaus in die Gefahr der Dunkelheit. Kälte und modrige Luft schlugen ihr entgegen. Es war, als zögen unsichtbare Hände an ihrem Kleid. Der Nebel drückte sie, Bea wollte nicht hier sein, aber sie war wie gelähmt und der Arzt war sich seiner Sache sicher. Unerschütterlich wie der Berg.

Bea wurde abgelegt wie ein Stein. Sie spürte den Zaun in ihrem Rücken und das Kitzeln des Grases, auf dem sie hockte. Was nun? Bea hob den Kopf. Sah sie von hier aus zum Gipfel? Ja. Dort war es, das grüne Licht. Stimmen drängten zu ihr wie das Summen eines Wespen-Schwarmes. Gemurmel und Gebrabbel. Uninteressant. Bea zählte die Grashalme, die sie kitzelten.

Irgendwann wurde es ruhig. Das Rauschen ihres Blutes und die Grillen waren das Einzige, was Bea vernahm. Sie entspannte sich und fiel in einen Schlaf ohne Träume.

Sie wusste nicht, wie lang sie schon hier saß. Es war ihr, als würde sie plötzlich nicht mehr am Boden sitzen, sondern auf einer Bank. Dann sah sie Gesichter. Großmutter, Mutter und fremde Gesichter. Dann wieder die grünen Lichtblitze, Nebelschwaden, Regen auf der Haut. Bea wusste nicht, was sie träumte und was tatsächlich geschah.

Die Raupe

Bea war auf eine Liege gebettet worden. Das Gras kitzelte nur noch an den Fußsohlen, die an den Seiten des Holzrahmens herabhingen wie Anker auf einem Schiff, doch sie fanden keinen Halt.

Mit den Fingern strich Bea über das flauschige Kissen, sie sank tiefer und tiefer. Sie fühlte sich wie auf Wolken, die Luft roch nach Regen und warmer Erde.

Geräusche drangen zu ihr hindurch, doch waren weit entfernt wie unter Wasser. Oder fiel Bea zu schnell durch die Wolken? Es rauschte um sie herum und durch das Grau und Weiß tanzten die Zahlen wie Vögel im Wind und pickten in ihr Bewusstsein. Ihre einzigen Freunde.

Manchmal versuchte Bea, sie zu fangen, doch sie waren ohne Materie. Wie Nebel – wie Träume. Plötzlich kitzelte es an ihrem Bein. Die Zahlen flogen in alle Richtungen aus ihrem Kopf davon. Sie blickte an ihrem Kleid herunter, bis sie an etwas Grünem haften blieb.

Bea beugte sich vor. Dieses Grün war ein anderes als das Licht auf dem Berg. Der Farbfleck schälte sich aus dem Nebelgrau heraus. Bea ging noch näher heran.

Eine Zwei und eine umgedrehte Fünf schwebten verloren vor ihr her. Sie wedelte sie mit einer Handbewegung fort. Wie lästig sie sein konnten – und so aufdringlich.

Nachdem die Zahlen die Sicht frei gemacht hatten, erkannte Bea das Tierchen, das plötzlich aus dem Nichts auftauchte. Eine Raupe! Eine giftgrüne Raupe mit braunen Härchen und dicken Füßchen. Sie erkannte den Kopf und die Augen, das ganze Gesichtlein. Sie schob Vorder- und Hinterbeine zusammen und erklomm Beas linke Wade. Es kitzelte. Sie beobachtete das Tier eine Weile. Es machte einen Bogen mit der Mitte ihres Körpers und schob sich so vorwärts.

Bald erreichte die Raupe Beas Knie. Es kitzelte sehr und Bea musste an eine Spinne denken. Bea runzelte die Stirn, saugte die Luft tief ein. Seltsames Tier, so eine Raupe. Ob sie bald zum Schmetterling werden würde? Bea zählte die Sekunden – wartete und beobachtete.

»Kleines Mädchen, was schaust du so grimmig?«

Wer war das? Wer hatte gesprochen? Bea sah hoch, ihr Blick schärfte sich wie ein Visier. Niemand war hier, nur Nebel rundherum. Nebelgeister? Oder bloß ihre Träume? Beas Augen tasteten nach irgendetwas, woran sie sich festhalten könnten. Aber sie rutschten ab ins Leere. Da war nichts als Grau.

Als sie den Kopf wieder zur Raupe drehte, sah diese ihr direkt ins Gesicht. Das Tierchen guckte aus wie ein Pfeifenreiniger mit Augen. Sie wirkten nicht wie die eines Tieres. Ihre Pupillen schienen unendlich tief zu blicken. Bea fröstelte und ihr Herz schlug schneller. Der kleine Raupenmund bewegte sich und die Stimme von vorhin erklang.

»Hast du noch nie eine Raupe gesehen? Was starrst du mich so an?« Bea öffnete den Mund, doch kein Wort wollte herauskommen.

»Aehhh …«, stammelte sie. Der Teer in ihrem Inneren verklebte die Wörter, nur einzelne Buchstaben lösten sich.

»Ich sehe schon, so wird das nichts mit dir, kleines Mädchen«, sagte die Raupe und richtete sich so weit auf, dass sie nur noch auf zwei dicken Beinchen stand. Das Grün ihres Körpers wurde immer heller, leuchtender. Als hätte sie im Inneren eine Lampe angemacht. Dann wuchs sie, einige Zentimeter, bis sie in etwa so groß wie Beas Hand war. Sie hatte schmale Augen, ein kleines Näschen und ein breites Grinsen. »Buh!«, machte die Raupe und Bea zuckte zusammen.

»Ahh-Ehh … mmh«, stotterte Bea und zwickte sich in den Arm. Sie musste träumen, bestimmt war sie vorher unbemerkt eingeschlafen. Ja, das war die einzig logische Erklärung. Die letzten sieben Jahre waren ein einziger Traum, doch der Unterschied bestand in der Farbe. Dieses Tierchen war grün – nicht grau oder schwarz oder weiß. Bea rappelte sich hoch, die Raupe klebte auf ihrem Knie. »Also, ich … ja … also ich hab schon oft Raupen gesehen, aber … ähm … keine, die mit mir spricht.«

»Selbstverständlich! Das kann außer mir auch keiner!« Sie verschränkte die Ärmchen vor ihrer Raupenbrust und räusperte sich. »Ich spreche nur für dich, mein Kind«, sagte sie.

»Für mich? Warum denn das? Ich bin doch nur ein Mädchen, ein krankes Mädchen!«

»Papperlapapp! Krankes Mädchen, pfft«, die Raupe winkte energisch ab und verzog ihre Schnute, dann blickte sie Bea tief in die Augen, »du bist doch nur in deinem Kokon, in deiner

Puppenlarve. Da ist es nun mal still und dunkel. Das ist völlig normal und ganz nach Plan.«

»Welche Puppe? Ich … äh, ich spiele nicht mehr mit Puppen.«

»Muss ich dir denn alles erklären? Naives Dingelchen. Du verwandelst dich. Weißt du nichts über die Metamorphose? Hat dir deine Mutter nie von Raupenpuppen erzählt? Bei uns dauert es ungefähr sieben Tage, bei euch Menschen sieben Jahre.«

Bea sah die magische Sieben vor sich und setzte die anderen Zahlen zusammen – es dauerte einige Zeit. Dann sagte sie:

»Oh, das sind aber viele Sekunden. Es sind … ähm … genau zweihundertzwanzig Millionen und siebenhundertzweiundfünfzig Tausend.«

»Du bist ein schlaues Mädchen, weißt aber nichts von deiner Verpuppung?«

»Ähm … äh … nein«, stotterte Bea und sah zu Boden.

»Du verlässt bald deine Puppenlarve und musst dann deine alte Hülle abstreifen. Du wirst zum Schmetterling, zu einem kleinen feinen Papillon, liebste Bea. Wunderschön. Frei. Bunt.

Natürlich nicht so schön wie ich, aber schöner, als du es jetzt gerade bist.«

»Das hört sich ziemlich verrückt an und ich bin mir sicher, dass ich sowieso nur träume. Also …«, stammelte Bea und sah die Raupe an. »Und was geschieht nun mit mir?«

»Du wirst dein verlorenes Glück wiederfinden, mein Kindchen. Deine Mutter ist an jenem Tag, vor sieben Jahren, zum Gipfel gegangen. Der Berg ist der Schlüssel. Das Ding dort oben muss verschwinden und du, kleines Mädchen, musst dich auf eine Reise begeben und die sieben Glückstiere finden.

Du nimmst sie mit nach Hause und das Glück wird an diesen Ort zurückkehren.« Beas Herz brannte, ihre Luft entwich und Tränen sammelten sich in ihren Augen. Könnte das wirklich geschehen? Eine warme Welle überschwemmte sie. Es war ihr egal, ob sie träumte oder nicht.

Sie zögerte nicht weiter, trotz der Angst, die an ihr nagte wie eine Maus am Speck. »Wie finde ich diese Tiere?«

»Sie kommen zu dir. Du musst nur deine Augen und Ohren offenhalten, Kindchen«

»Wie kann ich sie erkennen?« Bea zweifelte schon wieder, sie war doch nur ein kleines Mädchen.

»Hör auf dein Herz. Hör auf die innere Stimme, die mit dir spricht. Du wirst schon bald kein kleines Mädchen mehr sein, vergiss das nicht, Kindchen.«

Bea wusste damit nichts anzufangen und seufzte. Sie hatte keine innere Stimme mehr, kein Gefühl und wahrscheinlich nicht einmal mehr ein Herz. Auf was sollte sie nur hören?

»Ich schenke dir einen Ring. Er ist der Ring der Weisheit. Er wird dir helfen. Doch gib acht, Mädchen. Wenn du zu sehr zweifelst, verschwindet er. Die Weisheit verträgt keinen Zweifel.«

Der Ring leuchtete wie ein Edelstein in Beas Händen. Er zauberte einen grünen Schimmer auf ihr blasses Gesicht. Ehrfürchtig murmelte Bea: »Ich werde mein Bestes geben … auch wenn ich es nicht glauben kann.«

»Papperlapapp!«, die Raupe hob ihren Zeigefinger, »morgen wirst du ein neuer Mensch sein. Schmeiß deine Zweifel über Bord. Und nun schreibe deiner Großmutter einen Brief, Kindchen, beim nächsten Vollmond wirst du zurückkehren.

Das Kaninchen

Als Bea ihr Dorf im Morgengrauen verließ, trat sie durch eine Wand aus Nebel, hinein in den Frühling. In eine Welt, die sie zwar kannte, aber kaum Erinnerungen daran hatte. Es lag so lang zurück. Und es schnürte ihre Kehle zu. Das Herz stockte, ihre Hände wurden schweißnass.

Etwas hielt sie zurück.

Die Dunkelheit zu Hause verlangte nichts von ihr. Sie war zur Gewohnheit, ja, zu einer Art Vertrautheit, geworden. Bea hatte alles andere vergessen. Hatte verlernt zu leben und zu handeln. Die andere Seite hingegen war ein Ozean, bei dem man nicht wusste, was sich darin verbarg.

Es war eine Fahrt ins Ungewisse, ein Labyrinth, eine Art Geburt. Schmerz und Erlösung zugleich.

Bea ging mehrmals zurück, konnte es kaum glauben, doch es war stets derselbe Effekt. Wie ein Vorhang – ein dünner, grauer Vorhang. Er versteckte ein Paradies aus Licht, Farben, Geräuschen und Gerüchen. Bea ließ den Vorhang durch ihre Finger gleiten und trat abermals hindurch.

Auf der anderen Seite fühlte sie sich wie nackt. Als streifte der Vorhang ihr Kleid gleich mit ab. Als ließe sie ihre Hülle fallen, ihren Kokon? War sie jetzt ein Schmetterling?

Bea stand am Ufer eines Baches und betrachtete ihr Spiegelbild. Ein Mädchen stand da, mit dunklen Haaren bis zur Hüfte. Augen, Nase, Mund. Zwei Armen, etwas zu dünnen Beinen. Sie war gewachsen in den letzten sieben Jahren, aber sie konnte sich nicht erinnern, wie sie als Siebenjährige ausgesehen hatte. War sie dick oder dünn gewesen? Hübsch oder unscheinbar? Mutig oder schüchtern?

Sie wusste nicht mehr, wer sie damals gewesen war, und sie wusste nicht, wer sie jetzt, in diesem Augenblick, war. Die Raupe hatte gesagt, sie würde sich verwandeln. Was sollte das bedeuten? Sie fühlte sich nicht wie ein Schmetterling. War alles nur ein Traum gewesen? Doch dann sah sie den Ring an ihrem Finger. Er leuchtete grün wie das Gras in der Frühlingssonne.

Grün war es auch um sie herum. Sie hatte die Farben dieser Erde schon fast vergessen. Tränen rannen über ihre Wangen, wie der Bach über die Steine, und die Tropfen fielen hinab, gesellten sich zu dem Tau auf den Gräsern. Etwas brach in ihr, die Schale, die ihre Sinne verschlossen hatte. Darunter kam eine Frucht zum Vorschein, die süß wie Honig war, und anstelle des Blutes durch Beas Körper floss.

Bea blickte zur anderen Seite des Baches. Gelbe Löwenzahn-Tupfer besprenkelten die Wiesen und Felder, die sich zu allen Seiten ergossen wie ein grünes Meer. Hier und da durchbrach ein Baum oder Busch die Fläche. Sie schälten sich wie schlafende Riesen aus der malerischen Kulisse heraus.

Eine klare Linie bildete der blaue Horizont. Er hielt das Bild im Gleichgewicht, zeigte, wo oben und unten war. Und dahinter das Gebirge.

Es erhob sich wie ein graues Imperium und passte so gar nicht zur künstlerischen Idylle der Natur. Bea spürte ein Zerren in ihrer Brust, als würde der Berg an einem Seil ziehen, das in Beas Inneren verankert war. Eine Kette oder eine Fessel.

Die Luft schien plötzlich stickig und ganz leicht sah Bea Nebel aufziehen, zwischen Disteln und Farnen. Sie erspähte das Ding dort oben als silbernen Punkt und ihr Kopf stach wie von Nadeln. Dann tanzten die Zahlen wie Flocken vor ihren Lidern.

Bea zählte wie auf Kommando, als hätte jemand die An-Taste gedrückt. Auch die Sieben hüpfte immer wieder vor ihr her. Die Entspannung ging mit den Zahlen einher. Bea schirmte ihre Augen ab, atmete tief durch und schob das Gefühl von sich weg. Sie zwang sich, den Berg auszublenden, wusste nicht, warum, aber er lockte sie in die Dunkelheit zurück. Das durfte nicht passieren.

Ihr neu entdeckter Kampfgeist floss wie Strom durch ihren Körper. Bea wollte ihre Aufgabe nicht aus den Augen verlieren. Ob es nun ein Traum war oder nicht. Solang der Ring an ihrem Finger saß, würde sie den Worten der Raupe Folge leisten.

Hoffentlich sorgten sich Beas Mutter und Großmutter nicht allzu sehr. Doch es gab keine andere Chance für Bea, gesund zu werden. Die Aufgabe der mysteriösen Raupe war die letzte Möglichkeit, das Glück zurückzuholen.

Egal ob Realität oder Fantasie.

Bea kehrte dem Schatten den Rücken zu und wendete sich zum Licht – schnallte ihren Rucksack enger und lief rechts den Weg am Bach entlang. Er glitzerte in der Sonne, als hätte jemand Partikel darauf verstreut.

Die Gräser, der Sauerampfer und die Margeriten säumten den Wegesrand, als wären sie die Wächter der Wiesen.

Eine Biene summte um Beas Kopf herum. »Töte niemals eine Biene. Sie sind kostbarer als Gold. Gibt es eines Tages keine Bienen mehr, dann geht's auch mit uns dem Ende zu«, hörte sie ihre Mutter sagen. Das Tierchen flog im Zickzack und landete auf einem Löwenzahnkopf. Bea lächelte über den Eifer des fleißigen Bienchens. Auch sie ließ sich niemals von ihrer Lebensaufgabe ablenken.

Doch nun hatte die Biene Bea von ihrem Weg abgelenkt und sie stolperte über einen Stein. »Autsch!«, fluchte sie und hatte alle Mühe, nicht zu stürzen. Um im Gleichgewicht zu bleiben, trat sie mit einem Bein ins hohe Gras. Es raschelte und Samen der Pusteblumen segelten wie kleine Regenschirme in die Luft. Bea durchzuckte eine Erinnerung, doch sie konnte das Bild nicht greifen. Nur die Empfindung blieb auf ihrer Haut und verursachte ein Kribbeln.

Sie ging in die Hocke. Zupfte einen der Stängel ab und es ploppte. Dann tropfte der Saft heraus und Bea wusste, dass er braune Flecken hinterlassen würde, die nur schwer wieder zu entfernen waren. Doch woher sie das Wissen nahm, konnte sie nicht beantworten. Sie wusste auch, dass dieses Exemplar ein Teufelchen war, denn die Narbe der Blüte hatte schwarze Wurmstiche. Die Engel waren ohne diesen Makel. Mit dem Finger schnippte Bea das Teufelchen in die Wiese.

Als ihr Blick dem Wurf folgte, fiel ihr etwas Seltsames auf. Einige Meter weiter ins Grün hinein war eine kreisrunde Stelle plattgedrückt. Der Rand, an dem die Gräser und Blumen noch hochragten, wackelte verdächtig hin und her.

Wer oder was versteckte sich dort? Bea saugte die Luft tief ein und spähte vorsichtig hinüber.

Es war eindeutig ein Tier. Aber was für eines? Bea schärfte ihren Blick, versuchte, das entscheidende Detail zu erkennen. Es hatte zwei weiße Ohren, die zuckten, als würden sie lästige Fliegen verscheuchen wollen. Hatte das Geschöpf womöglich Angst? Zitterte es deshalb? Wahrscheinlich war die Kuhle ein Versteck.

Bea stakste wie ein Storch durch Glockenblumen, Rittersporn und Schachtelhalm. Der Duft nach Blüten und Nektar machte sie ganz schwindelig. Sie musste sich erst wieder an Gerüche gewöhnen. Ihre Sinne waren überfordert mit der Explosion an Eindrücken. Als hätte jemand einen Sack über ihr geöffnet und alles fiel nun auf Bea hinab, ungefiltert und zu stark geballt.

Kurz vor der Stelle, an dem das Tierchen saß, erkannte Bea es nun endlich. Ein Häschen! Dort angekommen, ging sie in die Hocke. Ihre Knie knackten und die Ohren des Häschens zuckten daraufhin. Es duckte sich in die Grube und schnupperte mit seinem schwarzen, glänzenden Näschen. Die weißen Barthaare standen in alle Richtungen. Genauso das weiße, buschige Fell. Seine Kulleraugen flackerten sie an wie glühende Kohlen. Gleich würde es davonhoppeln. Bea wagte nicht zu atmen, nur ganz flach, kaum merklich.

Einige Minuten vergingen und das Kaninchen begriff, dass Bea harmlos war, denn es wurde ruhiger. Die Ohren schliefen ein, die Äuglein verloren ihre Tiefe. Und es richtete sich sogar ein klein wenig auf. Es war so zuckersüß. Ein kuscheliger kleiner Wattebausch.

Bea hätte das Kaninchen am liebsten auf der Stelle geknuddelt. Sie streckte ihre Hand aus, der grüne Ring daran funkelte.

»Du hast mich ganz schön erschreckt!«, sagte da wie aus dem Nichts eine Stimme. »Nun musst du zur Entschädigung für mich ein Liedchen singen, kleines Mädchen.«

Bea drehte ihren Kopf. Strich sich ihre Haare aus dem Gesicht und betrachtete die Umgebung. Der Weg, der Bach, die Wiese. Sonst nichts. Seltsam. Die Sonne kitzelte auf ihrer Nase, es fühlte sich so sehr nach träumen an. Wahrscheinlich war doch alles nur ein verrückter Traum, schade. Dann fiel ihr Blick auf das Häschen. Sie blickte etwas genauer hin, beugte sich vor und erhob erneut die Hand, um es zu berühren. Sie musste einfach.

»Ja! Dich meine ich!«, sagte dieselbe Stimme und das Häschen hüpfte plötzlich auf sie zu. Nun war es nurmehr wenige Zentimeter von Bea entfernt. Beide blickten sich in die Augen. Die Pupillen des Kaninchens überzog ein silberner Schimmer. Es sah gar nicht aus wie ein Tier. Es sah aus, als wisse es mehr als Bea. Hatte dieses Wesen gerade gesprochen?

»Meinst du … mich?«, stotterte Bea.

»Siehst du sonst noch jemanden? Dummes Ding!«, sagte scheinbar das Kaninchen.

»Ähh … wieso reden plötzlich alle Tiere mit mir?«, stammelte Bea und kratzte sich am Kinn.

»Weil du-u die bist, die das Glück sucht, nicht wa-ahr?« Das Häschen zog die Worte in die Länge.

»Äh … ich glaube schon. Die Raupe hat es mir gesagt.«

»Die Raupe ist die Königin!«, sagte das Kaninchen.

»Die Königin von wo … von wem?«, fragte Bea.

»Die Königin von *Ich*«, flüsterte das Kaninchen und duckte sich in den Kies hinein.

»Von dir?«

»Nein, nicht von mir, vom *Ich* – das ist etwas komplett anderes. Es ist in dir.«

»Was ist in mir?« Bea saß nun im Schneidersitz, das Häschen direkt vor ihr. Schweiß trat ihr auf die Stirn, die Sonne glühte auf ihre schwarzen Haare hinab und lähmte die Gedanken.

»Das *Ich* ist in dir, kleines Mädchen. Die Raupe ist die Königin vom *Ich* in dir. Und ich bin in mir, so einfach ist das. Dein Königreich. Mein Königreich. Zwei verschiedene Dinge.«

Bea hob die Arme, wollte weitere Fragen stellen, und ließ sie kurz darauf wieder sinken. Mit Zahlen kannte sie sich aus, aber Wörter? Wörter waren nicht ihre Freunde. Bea wechselte das Thema. »Was meinst du mit *Lied singen*?«

»Du musst für mich ein Lied singen. Dann begleite ich dich auch auf deiner Mission.«

»Ich hab das Singen vor sieben Jahren verlernt«, sagte Bea und ihre Stimme klang wie Rauch. Sie ließ ihren Kopf sinken und die Haare verdeckten ihr Gesicht wie ein Vorhang.

»Papperlapapp! So etwas verlernt man nicht!«, sagte das Kaninchen und hüpfte noch näher zu Bea.

Sie fühlte das weiche Fell an ihrem Knie. Vorsichtig legte sie eine Hand auf den Rücken. So flauschig wie die Haare ihrer Mutter oder das Fell vor dem Kamin.

»Sing bitte einmal *Häschen in der Grube* für mich!«, befahl das sprechende Tier. Bea wollte es nicht verärgern und versuchte, sich zu erinnern, wie man sang. Es war schon lange her, als sie das letzte Mal gesungen hatte.

Die Erinnerung daran war wie ein Tropfen im Ozean. Sie strengte sich trotzdem an, denn es war ja schließlich nur ein Traum und somit alles möglich.

Die ersten fünf Versuche waren bloßes Gekrächze. Aber nach dem siebten Mal kam so etwas wie ein Ton heraus. Das Kaninchen sah Bea mit großen, schwarzen Äuglein an. Die Ohren zitterten. »Häschen in der Grube sa-aß u-und schlief, sa-aß u-und schlief ...« Beas Stimme wackelte, als balancierte sie über ein Seil. Doch es gefiel ihr. »... armes Häschen bist du krank, dass du nicht mehr hüpfen kannst ...« Bea sang bereits nach wenigen Strophen flüssig, klar und hoch wie ein Fink. »... Häschen hüpf! Häschen hüpf! Hä-äschen hü-ü-üpf!« Am Ende wurde ihre Stimme so hoch, dass sie ihre Arme in die Höhe heben musste, um genügend Luft holen zu können.

Ihr Lied wurde von der Sommerbrise mit fortgetragen und klang so rein wie das Bächlein. Beas Augen glänzten und ihre Wangen glühten. Ihr Herz war schon längst mit davongeflogen.

Das Kaninchen hüpfte um sie herum und schlug einen Haken. »Häschen hüpf! Häschen hüpf!«, sang es dabei und Bea wusste nicht mehr, wie ihr geschah. Etwas in ihr hatte sich verändert.

Und scheinbar auch äußerlich. Eine silberne Strähne hob sich aus ihrem Haar ab. Sie nahm sie zwischen ihre Finger und bewunderte sie. Was hatte das alles zu bedeuten? Was geschah nur mit ihr? Sie schnappte sich das Häschen und tat, was die Raupe ihr gesagt hatte. Sie ging weiter den Weg entlang, sie folgte ihrem Herzen.

Die Krähe

Die Sonne stand hoch oben und Bea fühlte die Wärme auf ihrem Kopf, als hätte sie eine Wollmütze aufgesetzt. Ihr Blick schweifte über die Wiese auf der einen Seite, der Bach zur anderen begleitete sie noch immer und vor ihr erschien ein Wald in der Ferne.

Das Häschen auf Beas Arm atmete ruhig und war ganz still. Wie niedlich es aussah. Bea wiegte es im Takt ihrer Schritte. Das Plätschern des Wassers musste es eingeschläfert haben. Ein Ziehen in ihrer Brust machte sich breit. Hatte sie etwa jetzt schon Heimweh? Nein, irgendetwas anderes zog an ihr wie eine Freundin, die sie an ihrer Hand zum nächsten Abenteuer drängte.

Wie durch Watte drangen Stimmen zu ihr.

Lachen. Kichern. Schreie. Kreischen. Hatten so die anderen geklungen? Ihre Freunde? Bea kämpfte sich an die Oberfläche wie eine Ertrinkende, suchte nach Bildern in ihrer Erinnerung, doch da drin war immer noch dieser Schlamm – Matsch und Nebel.

Bea schmiegte ihre Wange an das Häschen. Jetzt zählte nur ihre Mission. Wer weiß, vielleicht bräuchte sie die Bilder im Kopf bald nicht mehr. Erinnerungen waren unwichtig, wenn die Realität voller Glück wäre.

Das musste ihr Ziel bedeuten und sie vertraute der Raupe, auch wenn es vollkommen verrückt erschien. Wie Schnee im Hochsommer.

Ein moosbewachsener Stein lud Bea zum Verweilen ein. Sie setzte sich in den Schneidersitz und bettete das kleine, weiße Knäuel in ihren Schoß auf ihr Kleid. Sie streichelte es und beobachtete, wie seine Barthaare manchmal im Schlaf zuckten. Dann holte sie ein Stück Brot, etwas Käse und Wasser aus ihrem Rucksack heraus.

Seltsam, sie konnte sich gar nicht mehr erinnern, Proviant eingepackt zu haben. Zum Glück hatte sie das gemacht, denn ihr Magen knurrte wie ein Ungeheuer.

Nachdem sie sich gestärkt hatte, überkam sie Müdigkeit. Sie legte sich einfach an Ort und Stelle ins Gras. Es kitzelte an ihren Armen. Sie fühlte die Kühle und die feuchte Wiese. Spielte mit den Halmen und bohrte mit den Fingern in die nasse Erde. Über ihr – strahlend blauer Himmel. Einige Wolkentiere wanderten vorüber. Sie verzerrten sich zu Schlieren und Beas Augenlider fühlten sich plötzlich schwer an.

***

Die Raupe auf ihrem Knie hat plötzlich eine Krone auf dem Kopf, ihre Augen blicken sie an wie Mamas Augen. Augen, die alles wissen. Dann breitet sich ein Grinsen aus, als hätte es jemand hingemalt.

Sie wächst und wächst und verwandelt sich in einen Baum, der in einem Garten steht. Ein Apfelbaum mit einer Holzschaukel, auf der ein kleines Mädchen hockt und ein Lied nach dem anderen singt.

Ein Junge mit dunklen Locken schubst sie an und grinst. Seine Wangen sind so rot wie die Äpfel am Baum. Das lange Haar des Mädchens weht ihm ins Gesicht und er prustet.

Plötzlich hüpft das Häschen auf die Wiese. Noch mehr Kinder tauchen auf. Sie hocken neben dem Kaninchen im Gras und streicheln es. Und dann kommt Beas Mutter aus dem Haus gestürmt – sie lacht nicht.

***

Bea schreckte hoch. Ihr Genick war schweißnass. Was hatte sie geweckt? Ihr Herz klopfte, als wär sie gerade kilometerweit gelaufen. Da war das Plätschern des Baches, doch sie hörte noch ein anderes Geräusch. Ein Krähen oder Krächzen.

»Kraxkrax.« Da war es wieder. Bea rieb sich die Augen. Das Kaninchen hockte noch immer in ihrem Schoß.

»Ach, sieh an, die Krähe!«, sagte das Kaninchen, als hätte es den Vogel bereits erwartet.

Bea suchte die Umgebung ab. Wiese, Bach, Stein … schwarzer Vogel oberhalb des Weges. Er hüpfte auf dem Kies umher, als würde er gerade den Verstand verlieren. Das Scharren wurde lauter, als er näher hüpfte und ohne Unterlass dabei krächzte. »Kraxkrax.«

»Ist der Vogel ein Glückstier?«, fragte Bea und betrachtete ihren Ring. Der leuchtete nicht, nicht so wie beim weißen Kaninchen.

»Die Krähe ist eine Botin. Ob sie Glück oder Unglück bringt, ist ungewiss!«

»Ich habe eine Nachricht für dich, Raupenmädchen«, krächzte der Vogel, der nur noch wenige Meter entfernt war, und klang gar nicht nett. Spöttisch und … schadenfroh. Bea fröstelte plötzlich. Sie rieb sich die Arme.

»Was denn für eine Nachricht?«, fragte sie und ließ das Federvieh nicht aus den Augen. Der Schnabel klapperte und die Krähe hüpfte ohne Unterlass. Bea bemerkte, wie sich ihre Härchen auf den Armen sträubten.

Sie klappte ihre Flügel auf, was sie noch größer und bedrohlicher machte. Einige ihrer Federn segelten lautlos zu Boden wie schwarze Schneeflocken. Um die Krähe herum bildete sich Nebel. Dieses Tier brachte kein Glück, so viel war gewiss.

Beas Herz zog sich zusammen, sie blickte unsicher zum Kaninchen. Das zuckte mit seinen Ohren. Bea fühlte sich so wie vor dem Auftauchen der Raupe. Die Dunkelheit hatte sie soeben eingeholt.

»Deine Mutter sorgt sich um dich. Wie konntest du sie allein lassen? Du egoistisches kleines Mädchen!« Die Krähe schlug drohend mit den Flügeln und hopste hin und her. Dabei krächzte sie, sodass es aus allen Himmelsrichtungen widerhallte.

Bea gefror zu Eis. Der Zweifel lähmte jeden ihrer Muskeln. Der Boden vibrierte und ihre Augen weiteten sich, als würde sie ein Monster vor sich sehen. Bea klammerte sich an ihren eigenen Händen fest. Was sollte sie nur tun? Ein Gewicht zog an ihren Beinen, eins drückte auf ihre Brust und die Gedanken waren heißer Teer. Klebrig und zäh.

»Aber … aber … ich bin doch … ich hab doch …«, stammelte sie und wurde sogleich unterbrochen.

»Was stotterst du, kleines Mädchen? Ab nach Hause zu deiner armen Mutter. Was sitzt du hier noch faul herum?«

Um Bea herum wurde alles schwarz. Der Frühlingstag verwandelte sich zum Albtraum. Alles zog sich zusammen. Sie fühlte sich so klein wie eine Ameise und der Vogel erschien so groß wie ein Drache. Sie duckte sich und schloss die Augen. Jetzt war alles verloren. Sie musste sofort zurück, die Krähe hatte recht.

»Psss«, hörte sie ganz entfernt. »Psss, denk an die Raupe, Mädchen, wie waren ihre Worte?«

Beas Kopf drohte zu platzen. Sie versuchte zu zählen, um sich zu beruhigen, aber die Zahlen purzelten haltlos umher.

»Was hat die Raupe gesagt? Erinnere dich! Summ ein Lied. Summ ein Lied!«, flüsterte das Kaninchen.

»Du musst zurück. SOFORT!«, dröhnte die Krähe.

Bea presste ihre Hände auf die Ohren, alles drehte sich. Zahlen. Bilder. Stimmen. Alles vermischte sich. Doch die Raupe drängte sich vor. Sie grinste und flüsterte und Bea fing an zu Summen. Sie summte immer lauter, bis sie die Worte der Raupe wieder deutlich hörte.

»Zweifle nicht! Du darfst NIEMALS an dir zweifeln.«

Das schlug ein wie ein Blitz. Jetzt war alles wieder klar. Bea summte weiter und weiter. Sie dachte an ihre Mutter und wie sie ihr sagen würde, warum sie weggegangen war. Um das Glück zurückzuholen. Ihre Großmutter und ihre Mutter, beide würden es gutheißen, sie würden ihr verzeihen.

»Deine Mutter wird dir nicht böse sein. Niemals. Gehe weiter. Bring es zu Ende!«, flüsterte das Kaninchen.

Bea starrte auf den Ring an ihrem Finger. Er wurde blasser und blasser, sie hörte die Krähe krächzen. Sie summte weiter, hörte die Worte der Raupe, brachte die Zahlen in ihrem Kopf in die richtige Reihenfolge.

Sie starrte auf den Ring, der nun wieder kräftiger wurde. Schließlich war er grün wie zuvor.

Bea blickte auf, die Krähe war verschwunden.

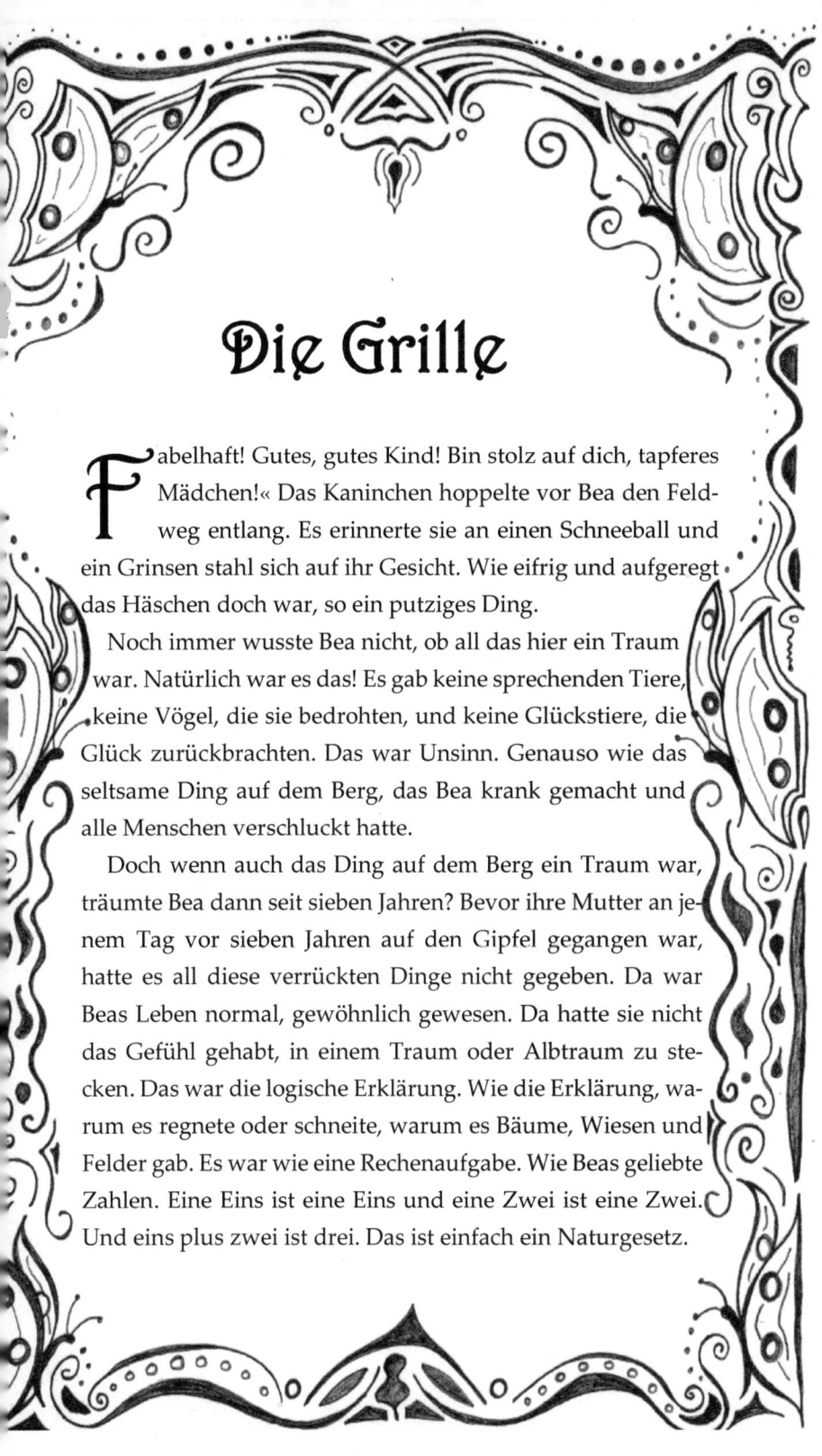

Die Grille

abelhaft! Gutes, gutes Kind! Bin stolz auf dich, tapferes Mädchen!« Das Kaninchen hoppelte vor Bea den Feldweg entlang. Es erinnerte sie an einen Schneeball und ein Grinsen stahl sich auf ihr Gesicht. Wie eifrig und aufgeregt das Häschen doch war, so ein putziges Ding.

Noch immer wusste Bea nicht, ob all das hier ein Traum war. Natürlich war es das! Es gab keine sprechenden Tiere, keine Vögel, die sie bedrohten, und keine Glückstiere, die Glück zurückbrachten. Das war Unsinn. Genauso wie das seltsame Ding auf dem Berg, das Bea krank gemacht und alle Menschen verschluckt hatte.

Doch wenn auch das Ding auf dem Berg ein Traum war, träumte Bea dann seit sieben Jahren? Bevor ihre Mutter an jenem Tag vor sieben Jahren auf den Gipfel gegangen war, hatte es all diese verrückten Dinge nicht gegeben. Da war Beas Leben normal, gewöhnlich gewesen. Da hatte sie nicht das Gefühl gehabt, in einem Traum oder Albtraum zu stecken. Das war die logische Erklärung. Wie die Erklärung, warum es regnete oder schneite, warum es Bäume, Wiesen und Felder gab. Es war wie eine Rechenaufgabe. Wie Beas geliebte Zahlen. Eine Eins ist eine Eins und eine Zwei ist eine Zwei. Und eins plus zwei ist drei. Das ist einfach ein Naturgesetz.

Doch seit sieben Jahren gab es das nicht mehr. Keine Logik, keine Gesetze, keine Natürlichkeit. Aber kein Mensch dieser Erde konnte sieben Jahre lang träumen. Oder? War sie überhaupt ein Mensch? Nun wurde ihr Kopf zum Karussell und ihren Gedanken übel. Ihr Magen krampfte sich zusammen.

»Hey, Träumerin, ich hab dich was gefragt!«

»Ähh … entschuldige bitte, was hast du gesagt?«

»Wegen der Krähe! Wie hast du es geschafft? War es sehr schlimm? Armes Ding, bist ja ganz durch den Wind!«

»Ich hätte fast den Verstand verloren, so verzweifelt war ich«, antwortete Bea. Nun kam die Erinnerung zurück wie die Flut.

Sie zitterte innerlich bei dem Gedanken an das Vogeltier. Sie hatte das Krächzen noch deutlich in den Ohren und dachte wieder an ihre Mutter. Leiser Zweifel nagte an ihr und ihre Schultern hingen so tief, dass ihre Hände fast die Steine am Boden berührten. Das rosafarbene Dämmerlicht legte sich wie ein Film auf Beas Silhouette. Sie glänzte. Aber nur äußerlich.

»Papperlapapp, dummes Mädchen. Wann legst du nur endlich deine Ängste ab? So wird das nichts«, schimpfte das Kaninchen und hoppelte schneller. Es klopfte mit seinen Hinterläufen bei jedem Hopser und Bea musste rennen, um ihm auf den Fersen zu bleiben.

»Deshalb musst du mich doch nicht so hetzen, was hast du vor?«, rief Bea.

»Da vorn ist ein Unterschlupf. Ich kenn mich hier aus. Jetzt wird geschlafen!«

»Das ist eine gute Idee«, sagte Bea und die Aussicht auf ein kuscheliges Bettchen trieb den Rest an Energie durch ihren Körper.

Da schlich sich plötzlich eine Frage in Beas Bewusstsein. Sie hatte doch vorher einen Traum gehabt, als sie geschlafen hatte? Doch wenn das alles hier schon ein einziger Traum war, wie konnte sie dann im Traum träumen? Bea schüttelte den Kopf und schob die vielen Fragezeichen beiseite wie lästige Fliegen.

Das Kaninchen hatte nicht zu viel versprochen. Bea entspannte sich augenblicklich zwischen Moos, Steinen und Wurzeln. Sie hatten ein Nachtlager am Waldrand gefunden und es duftete nach feuchter Erde und Tannennadeln.

Die Waldluft reinigte ihre Lungen – und auch den ruhelosen Verstand. Ihr Herz fühlte sich an wie Honig und das Pochen eines Spechtes drang zu ihr wie aus einer anderen Welt. Das Kaninchen schmiegte sich in ihre Arme und Bea brauchte keine Zahlen, um sich zu beruhigen.

»Sieh dir nur dieses Paradies an, Kindchen!«, schwärmte das Kaninchen und seine Augen glänzten wie Murmeln. Es schnupperte in die Abendluft und seufzte tief.

Die Wärme war wie Medizin an Beas Brust. Wann hatte sie zuletzt solch ein Gefühl verspürt? Sie wusste es nicht einmal zu benennen. Ein wenig wie warme Schokolade, die den Hals hinunter in den Bauch rinnt und die Mundwinkel zucken lässt. Oder wie Großmutters Pfannkuchen mit Heidelbeeren.

Bea ließ ihren Blick über das Land gleiten. Das Abendrot küsste die Erde und spuckte all seine Farben hinaus, sodass die Wiesen, Felder und Berge wie ein riesiges Gemälde erschienen. Nicht echt? Ein Traum? Bea war es gleichgültig. Ob Traum oder nicht, sie genoss jede Sekunde, als wäre es ihre letzte. Gleich würde sie ganz sicher in einen Traum gleiten, denn die frische Waldluft machte unglaublich müde.

Ein ohrenbetäubendes Zirpen riss Bea aus dem Schlaf. Sie schrie auf und fuhr ruckartig hoch. Stocksteif saß sie im Moos. Ihr Haar voller Nadeln, Blätter und Moosfäden. Sie blickte, als schliefe sie noch immer – nur mit geöffneten Augen. Und Waldboden im Gesicht.

»Alles okay? Was ist passiert, Kindchen? Hat dich was gestochen?«, fragte das Kaninchen. Es wackelte mit den Ohren und rümpfte das Näschen. Seine Murmel-Augen waren geweitet und drohten, heraus zu kullern.

»Ähh … hier zirpt irgendwas«, stammelte Bea.

»Ja, das nennt man Grille.«

"Ähh … gut, ja, ich …« Bea erhob sich und klopfte ihr Kleid ab. Dann fuhr sie sich durch die Haare und durchs Gesicht. »Ich hab den halben Wald im Gesicht«, murmelte sie.

»Sieh nur, da hinten auf dem Stein. DIE Grille. Das ist DIE Grille, dein zweites Glückstier.«

Bea stockte und ihre Augen suchten die Bäume ab. Das Morgenlicht strahlte hindurch und schickte glitzernde Lichtpunkte über den Waldboden. Die Blätterkronen und die Sonnenstrahlen zauberten ein Kaleidoskop auf Steine und Wurzeln. Es war angenehm warm und Bea blinzelte, um die Grille entdecken zu können.

Und da war sie. Eine grasgrüne Grille hockte etwa drei Meter von ihr entfernt auf einem flachen Stein. Ungefähr so groß wie ein Spatz. Bea traute ihren Augen kaum. Sie trat vorsichtig näher. Das Tier spielte auf einer Geige. Die Melodie war: *Schmetterling, du kleines Ding, such dir eine Tänzerin …* »Ei wie fein, ei wie fein, ei wie fein ist Ringelreihen«, sang Bea. Sie wollte nur mal so nebenbei testen, ob sie wirklich noch singen konnte.

Sie blieb wenige Zentimeter vor der Grille stehen und betrachtete sie. Die feinen Härchen an den Flügeln, durch die das Licht neongrün hindurchschimmerte. Lange Fühler, die im Takt der Melodie hin und her wiegten. Die weit hochstehenden Sprungbeine und der lange Stachel dazwischen. Ihre Augen hielt die Grille geschlossen, die Ärmchen an der Geige.

Bea musste wohl doch träumen, so etwas gab es nicht in der Realität. Niemals. Es war einfach unmöglich! Aber alles war doch so klar und sie war gerade erst aus einem Traum erwacht. Man kann nicht im Traum träumen, beschloss sie in diesem Moment. Das war absurd und völlig lächerlich. Also doch die nackte Realität?

Sie stand wie in Trance vor der Grille, wartete, bis etwas geschah. Und das tat es auch. Die Musikerin unterbrach ihr Spiel und öffnete die Augen. Sie blickte Bea direkt in die Pupillen.

Beas Herz blieb stehen. Es war, als würde sie dieser Blick aufsaugen. In Millionen unterschiedlicher Farben schimmerten die Facetten der Augen. Es sah außerirdisch aus wie ein Roboter.

Bea blieb reglos, Furcht kroch in ihr hoch. Sie hatte eine so große Grille noch nie so nah und so detailliert gesehen.

»Ich bin wunderschön, nicht wahr?«, zirpte das Tier.

Bea blieb stumm und nickte nur zögerlich.

»So schön, dass meine Anmut dir die Stimme verschlägt?«

»Ähh … ja, wirklich … magisch«, stotterte Bea.

»Ich bin es ja gewöhnt. Alle sind von meiner Erscheinung verunsichert«, zirpte die Grille und putzte sich die Flügel.

Bea nickte noch einmal und faltete die Hände, trat von einem auf den anderen Fuß.

»Na, mach ich dich nervös, Kindchen?« Die Grille kicherte. »Unsicherheit ist der erste Schritt zur Verbesserung. Denn wer sich immer sicher ist, der kann nichts lernen.«

Bea nickte, obwohl sie nicht ganz folgen konnte.

»So, und jetzt tanze für mich. Ich will unterhalten werden, schönes Püppchen!«

»Ähh … was?«, fragte Bea.

»Du musst tanzen, wenn ich mit dir gehen soll! Das ist meine Forderung. Sonst bleib ich hier und warte auf ein anderes Kind, das meine Musik zu würdigen weiß.«

»Nein, nein. Ich mach das schon, ich weiß nur nicht, wie das geht!«

»Papperlapapp, jeder kann tanzen. Du kannst doch auch laufen. Außerdem, bei meiner Musik muss jeder tanzen, sogar so ein tollpatschiges Ding wie du!«

Dann schloss die Grille wieder ihre Augen und stimmte dasselbe Liedchen an. Und Bea tanzte. Je mehr sie wagte, desto sicherer wurde sie. Sie tanzte, als hätte sie nie etwas anderes getan.

Sie breitete ihre Arme aus, legte den Kopf in den Nacken und schloss ihre Augen. Das warme Licht fiel auf ihr Gesicht. Es kitzelte und Bea lächelte. Sie drehte sich immer schneller im Kreis und das Kleid schwebte wie ein blauer Reifen um sie herum. In ihrem Bauch war ein Feuerball, der unbedingt hinaus musste.

Das Kaninchen hüpfte um die Grille und Bea herum und alle drei sangen lauthals mit. Die Lärchen und Finken trällerten von den Ästen herab und dann tanzte und musizierte der ganze Wald. Der Boden vibrierte und die Luft knisterte. Gleich würde irgendwo ein Feuer entfacht, von dieser geballten Energie.

Keuchend ließ sich Bea eine Weile später ins Laub fallen, nachdem die Grille ihr Liedchen beendet hatte. Sie lachte und schnaufte und ihr Herz hämmerte gegen ihre Brust. Sie fühlte eine neu gewonnene Freiheit.

Als sie sich aufsetzte, bemerkte sie eine Veränderung. Kurz hielt sie inne. Eine ihrer Strähnen – sie war grün. Grasgrün. Bea nahm sie zwischen die Finger und bewunderte sie.

Dann schnappte sie sich das Kaninchen und auch die Grille hüpfte zu den beiden. Bea zwinkerte ihr zu und dann setzten sie den Weg fort.

Sie tat, wie die Raupe es gesagt hatte. Sie folgte weiter ihrem Herzen.

Die Schlange

Die Grille, das Kaninchen und Bea. Sie konnte wieder singen und tanzen. Der zweite Tag neigte sich dem Ende und die drei rasteten an dem Bach, der Bea von Anfang an begleitete wie ein treuer Freund. Der Perlbach entsprang dem Gebirge, schlängelte sich durchs Tal, floss durch Nirval, ihrem Heimatort, hindurch und kroch hierher ins offene Land. Wo er wohl endete?

Bea kannte das *Hintere Land* nicht. Auch nicht das *Darunter* oder *Das Land der Meere*, von dem Großmutter oft erzählte. Bea hatte keine Erinnerung mehr daran und sie wusste nicht, ob sie die Geschichten der Großmutter gekannt hatte, einst, bevor sie so krank geworden war.

Doch nun fragte sie sich, wo ihr Vater und Großvater waren? Wie konnte es sein, dass sie kein einziges Bild in sich trug? Hatten sie vor dem Unglückstag bei ihr gelebt?

Es war ihr unbegreiflich, dass die letzten Jahre wie ausgelöscht schienen.

Da schlich sich doch ein Bild zwischen Beas alte Erinnerungen. Es ließ ihr Blut kochen und ihr Herz schlagen, aber das Bild sah aus, als läge es auf dem Grund eines Sees. Es schwankte und wankte wie Treibholz. Bea wollte es retten, so kostbar schien es ihr, als wäre es ein verborgener Schatz.

Aber da war es plötzlich wieder fort und zurück blieb weniger als nichts.

Was hatte sie gerade gedacht? Sie ertappte sich dabei, wie sie Zahlen in die Luft starrte. Da tanzte eine Sieben mit einer Neun. Bea schüttelte den Kopf und seufzte. Wo sollte das nur hinführen mit ihrer Zerstreutheit? Ihr Gehirn war voller Löcher wie ein von Motten zerfressenes Kleidungsstück.

Ihr Blick tastete umher, fiel nach unten. Da kitzelte etwas auf ihrer Haut. Die Grille saß auf Beas Arm, das Kaninchen auf ihrem Schoß. Die Stille rundherum hüllte Bea in einen Mantel der Behaglichkeit. Nur das Plätschern des Baches drang zu ihr. Wie das Wasser über glattgewaschene Steine hüpfte und durch Höhlen huschte. Der Geruch von nassem Moos lag in der Luft.

Bea blickte zu der Stelle im Bach vor ihr. Hier war es so flach, dass man durchwaten konnte. Sie konnte nicht anders, wie ein Magnet zog das Wasser an ihr. Vorsichtig setzte sie ihre beiden Freunde ab, die schläfrig die Augenlider hoben, um sie gleich wieder zu schließen. Dann rutschte sie die wenigen Zentimeter an den Rand.

Sie zog ihre Sandalen aus und stupste das Wasser mit ihren Zehen an, durchbrach damit den Strom und die sprudelnden Wellen umschlossen ihre Füße. Sie grub sie tiefer in den Bach, unter ihren Fußsohlen fühlte sie den Schlamm zwischen den Zehen. Die Sonne schüttete ihr Abendrot in das Wasser und wie ein lilafarbenes Band wand sich der Bach hinfort. Bea zählte die Glitzerpunkte, die auf der Oberfläche funkelten wie Edelsteine.

»Ich spiele euch mein Abendlied, La Le Lu – der Mann im Mond«, zirpte die Grille. Beas Schultern zuckten vor Schreck. Sie drehte den Kopf in Richtung der beiden.

Die Grille setzte gerade die Geige an, als hätte sie ein Millionenpublikum vor sich sitzen. Sie schloss ihre Augen und der erste Ton klang wie ein Klagelaut durch das Land.

Das Häschen kuschelte sich ins Gras und döste weiter. Es legte die Ohren an – es schien wirklich sehr müde zu sein. Bea spürte eine Welle der Zuneigung in sich hochschwappen, genau wie die kleinen Wogen an ihren Füßen. Das Abendlied der Grille schien im Fluss des Wassers zu fließen. Bea verlor sich in deren Gleichklang.

Auch ihre Augenlider wurden schwer und dick und gerade, als sie diese schließen wollte, nahm sie eine Bewegung im Wasser wahr. Ja, da im Wasser, da bewegte sich etwas. Kreise brachen die Wasseroberfläche, zerstörten sie und damit den Gleichklang zur Musik der Grille. Bea beugte sich nach vorn. Sie konzentrierte sich, stellte ihren Blick ganz scharf, wie bei einem Fotoapparat. Alles andere rückte in den Hintergrund, wurde leiser, schwächer, ferner.

Und dann sah Bea sie.

Die Schlange.

Sie glitt wie ein Seidenschal durchs Wasser, elegant wie der einer Tänzerin. Hin und her und rundherum. Nur die Musik dazu fehlte. Bea hörte die Grille nicht mehr spielen. Die Schlange hatte ein spiralförmiges Muster in Gelb und Grau und etwas Grün. Sie bewegte sich im Takt der Wellen. Bea schwankte selbst leicht bei ihrer Beobachtung.

Die Schlange zischelte und langsam glitt ihr Kopf aus dem Wasser heraus. Sie baute sich vor Bea auf, höher und immer höher, bis Bea ihren Kopf in den Nacken legen musste, um das Ungetüm sehen zu können.

Rundherum verschwammen die Wiese, die Grille und das Kaninchen. Bea sah nur noch das Tier, das empor thronte wie eine ägyptische Göttin. Oder ein Denkmal.

Beas Kopf war wie leergefegt. Keine Gedanken, keine Bilder, keine Wörter – nicht einmal Beas geliebte Zahlen. Nur die giftiggelben Augen der Schlange, die sie hypnotisierten.

»Ssss … komm mit mir, Kindchen! Ssss … deine Freunde sind nur dumme kleine Nichtsnutze! Ssss … ich helfe dir! Ich bin das Glückstier! Komm mit mir … Ssss!«, zischte die Schlange und lullte Bea in einen Wattebausch aus Stumpfsinnigkeit. Sie konnte nichts mehr fühlen und musste grinsen, es wurde warm in ihrem Körper.

»Komm zu mir ins Wasser. Dann nehm ich dich mit fort und du findest das Glück. Glaube mir. Vertraue mir. Ssss … Ssss«

Ohne zu zögern, erhob sich Bea. Sie verharrte zuerst für einen Augenblick am Ufer. Doch dann bewegte sie sich auf die Schlange zu, immer näher und näher. Ihr wurde heiß, so heiß, dass sie glühte. Schweißperlen rannen ihr Gesicht hinab, doch sie sah nur die gelben Augen des Tieres.

Sie saugten Bea ein wie ein Wirbelsturm. Sie hatte keine Chance. Ihr Kopf war leer. Ihre Glieder starr wie Stein.

»Gutes Mädchen. Komm zu mir! Ssss …«

Beas Zehen berührten nun das Wasser, dann trat sie in den Bach hinein und die Schlange umkreiste sogleich Beas Beine mit ihrer Schwanzspitze. Als wäre sie sich ihrer Beute schon sicher.

Doch plötzlich schrie Bea auf. Ihre Finger brannten und als sie hinsah, glühte einer ihrer Finger, als hätte sie ihn in eine Flamme gehalten. Der Ring an dem Finger war kochend heiß.

Der Schmerz schwoll an, bis Bea kurz davor war, ohnmächtig zu werden. Sie sank auf die Knie und tauchte den Finger ins erlösende Nass. Der Schmerz ließ nach.

Bea starrte auf die Wasseroberfläche.

Da waren Bilder. Bilder von Tieren. Von einem Hasen, einer Raupe und einer Grille. Plötzlich füllte sich ihr Bewusstsein mit Zahlen und Wörtern und Bildern. Alles kam zurück wie die Flut. Und Bea erkannte, dies war eine Prüfung. Sie durfte nicht zweifeln. Keine – einzige – Sekunde. Zählen. Zählen. Und nochmals zählen. Sie schloss ihre Augen und tauchte ihren Kopf ins kühle Wasser.

Als sie wieder auftauchte und auf ihren Ring blickte, war dieser leuchtend grün. Grün wie die Hoffnung. Grün wie das Leben.

Zitternd hob Bea ihren Kopf. Die Haare klebten an ihr wie Pech. Mit großen Augen sah sie hoch – das Monster war verschwunden.

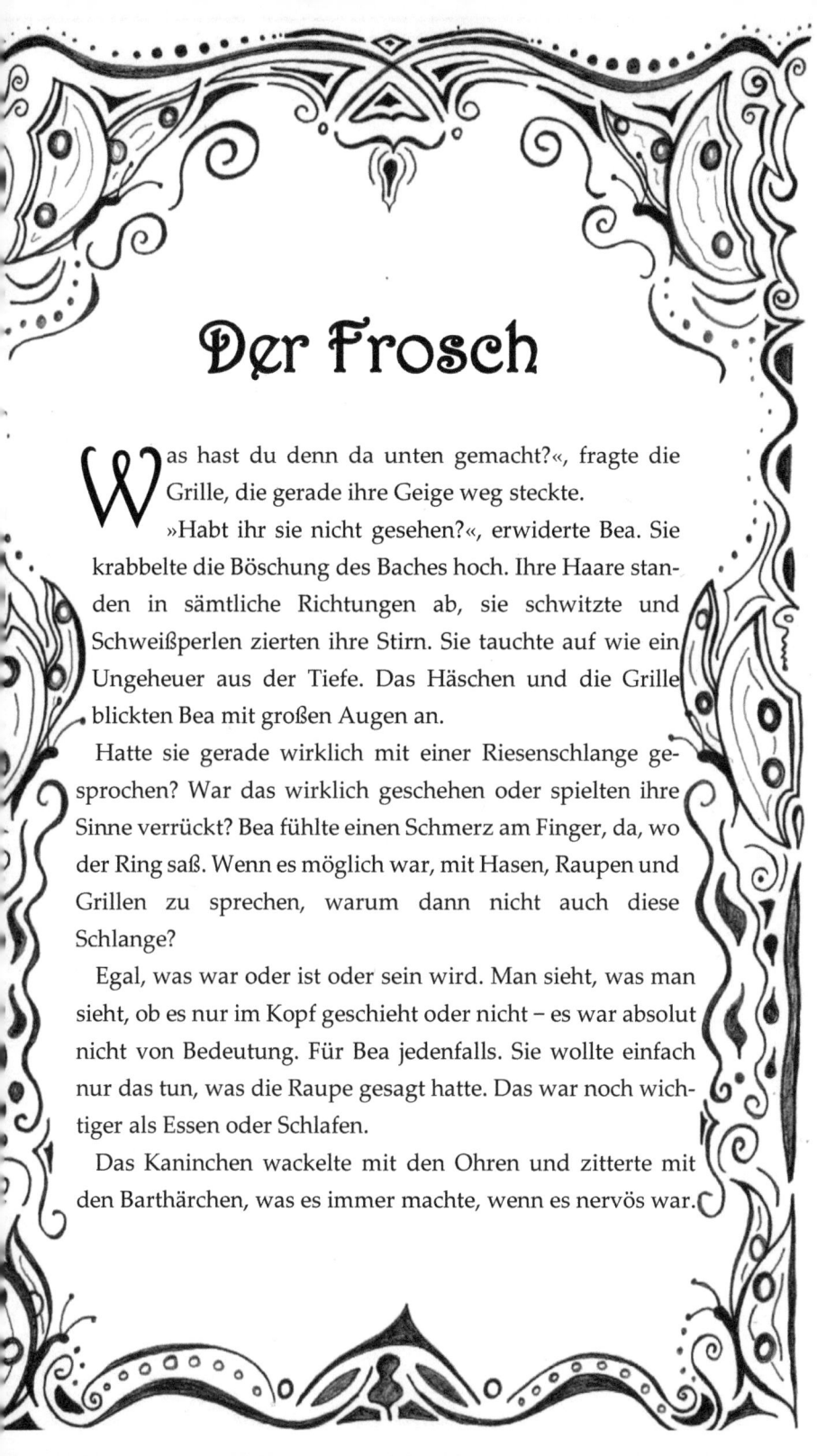

Der Frosch

Was hast du denn da unten gemacht?«, fragte die Grille, die gerade ihre Geige weg steckte.

»Habt ihr sie nicht gesehen?«, erwiderte Bea. Sie krabbelte die Böschung des Baches hoch. Ihre Haare standen in sämtliche Richtungen ab, sie schwitzte und Schweißperlen zierten ihre Stirn. Sie tauchte auf wie ein Ungeheuer aus der Tiefe. Das Häschen und die Grille blickten Bea mit großen Augen an.

Hatte sie gerade wirklich mit einer Riesenschlange gesprochen? War das wirklich geschehen oder spielten ihre Sinne verrückt? Bea fühlte einen Schmerz am Finger, da, wo der Ring saß. Wenn es möglich war, mit Hasen, Raupen und Grillen zu sprechen, warum dann nicht auch diese Schlange?

Egal, was war oder ist oder sein wird. Man sieht, was man sieht, ob es nur im Kopf geschieht oder nicht – es war absolut nicht von Bedeutung. Für Bea jedenfalls. Sie wollte einfach nur das tun, was die Raupe gesagt hatte. Das war noch wichtiger als Essen oder Schlafen.

Das Kaninchen wackelte mit den Ohren und zitterte mit den Barthärchen, was es immer machte, wenn es nervös war.

»Wie siehst du eigentlich aus? Pfui. Wie ein Dreckspatz!« Es rümpfte das Näschen und drehte sich weg.

»Äh … das Monster … ich meine, die Riesenschlange. Habt ihr die nicht gesehen?«

Bea erhob sich und klopfte sich die Grashalme, Blätter und Erde vom Kleid. Dann kämmte sie mit den Fingern ihre Haare. Dabei leuchteten ihr die silberne und auch die grüne Strähne entgegen. Ihr Herz machte einen Sprung, die Freude über die Farben wirbelten durch Beas gesamten Körper.

Doch noch war der Glücksmoment nur ein Tröpfchen für so ein verdurstendes Geschöpf, wie Bea eines war. Sie brauchte mehr, noch mehr Farben, noch mehr Freude – noch mehr Glück.

Sie drehte den Ring herum, schob ihren Rucksack mit dem Fuß zur Seite und nahm vorsichtig zwischen ihren neuen Freunden Platz. Es duftete nach Holunderblüten und Bea atmete tief durch. Sie atmete die Bilder der Schlange weg, die immer noch umherschwirrten wie lästige Fliegen.

»Hier war kein Monster, dummes Mädchen!«, zirpte die Grille. »Ich glaub, die Kleine braucht dringend etwas Schlaf«, sagte sie an das Kaninchen gewandt.

»Ja, das denke ich auch.«

Bea schüttelte den Kopf. Schlaf war gerade das Letzte, was sie brauchte. Vielmehr wären Erklärungen nicht schlecht. Es purzelten doch mindestens so viele Fragen wie Zahlen durch ihren Kopf.

Sie blickte in den Himmel. Vereinzelt waren die Sterne schon erwacht und glitzerten herunter. Die Sonne tauchte hinter den Bergen unter und bedeckte die Felder mit einer roten Decke.

Das Kaninchen schmiegte sich an Beas Seite. »Jetzt schlaf erst einmal, morgen musst du das dritte Glückstier finden, damit du es rechtzeitig zum Vollmond nach Hause schaffst.«

Bea legte sich nieder und kuschelte sich ins hohe Gras und an das weiche Fell ihres Freundes. Die Grille sprang auf einen Farn ganz in der Nähe und kam ebenso zur Ruhe. »Hoffentlich dreht uns das Kindchen nicht durch«, zirpte sie.

»Das ... hoffe ich auch!«, flüsterte Bea und eine Träne rann ihr stumm die Wange hinab, denn sie musste an ihre Mutter und ihre Großmutter denken, die zu Hause allein auf sie warteten. Hoffentlich sorgten sie sich nicht allzu sehr, dachte Bea noch, bevor sie ins Land der Träume glitt.

***

»Quak.«

Bea blinzelte ins helle Morgenlicht.

»Quak.«

Sie drehte ihren Kopf zur Seite – vor ihr saß ein Tier und fixierte sie mit ausdruckslosen Augen.

»Quak«, machte es zum dritten Mal.

Bea rappelte sich auf. Kaninchen und Grille waren nicht zu sehen. Der Ring an ihrem Finger drückte.

»Äh ... Hallo!«, sagte sie und lächelte. »Wer bist du denn?«

»Ich stelle die Fragen. Quak«, machte der Frosch, der etwas anders aussah als ein gewöhnlicher seiner Art. Er hatte müde Froschaugen, eine glitschige Haut und auch sein Körper wirkte wie der eines Frosches. Aber er war sehr groß. In etwa so groß wie eine Katze. Seine Farben waren ... irgendwie außerirdisch.

Sie wechselten und schimmerten wie bei einer Öllache oder Seifenlauge. Er sah wunderschön und einzigartig aus. Bea starrte ihn an.

»Guck nicht so doof, Mädchen!«, quakte er.

»Entschuldige, aber du siehst so … interessant aus.«

»Es geht hier nicht um mich, Kindchen. Sondern um dein Ich.«

»Um mich?«, fragte Bea.

»Nein! Nicht um dich, um dein ICH«, quakte der Frosch etwas lauter und hob ein Ärmchen und ein Beinchen. Dann sprang er hoch und landete mit einem lauten Klatschen neben ihr auf einem Stein.

Jetzt waren sie auf Augenhöhe. Er sah ihr in die geweiteten Pupillen. Seine eigenen waren so tief wie der dunkle Wald vor ihnen. Etwas blitzte und schimmerte darin. Bea fröstelte.

»Was glaubst du, wer du bist!«, fragte der Frosch in einem Tonfall, der Bea verunsicherte.

»Ähh … ich …«, stammelte sie und knetete ihr Kleid wie ein kleines Mädchen.

»Ja, du!«

»Ich … bin Bea, ein ganz normales Mädchen!«

»Ha!«, quakte der Frosch, »da haben wir den Salat!« Er streckte seine Beinchen abwechselnd zur Seite und Bea sah seinen knallgelben Bauch. »Du – bist – nicht – normal, merk dir das!«

»Aber … was denn dann?«

»Was machst du gerade?«, fragte der Frosch.

»Ich rede mit dir!«

»Aha! Und was bin ich?«, quakte er. »Dir muss man aber auch alles einzeln aus der Kehle ziehen.«

Bea schluckte und rutschte hin und her. Sie riss ein paar Gras-
büschel aus der Erde und starrte auf die Halme, die sich auf ihrem Schoß verteilten.

»Ein Frosch?«

»Ja, und weiter? Bin ich denn *normal*?«

Bea blickt auf. »Äh … nein, also *du* bist besonders«, stotterte
sie.

»Warum?«

»Weil du … so groß bist und so bunt und du kannst sprechen.«

»Ha! Sie hat's kapiert!« Er quakte so laut, dass es widerhallte.

»Und was tust du?«

»Ich spreche mit dir«, sagte Bea. Sie blickte sich nach ihren beiden Freunden um. Wo waren sie nur?

»Und, findest du das *normal*?«, fragte der Frosch.

»Äh … nein!«, flüsterte Bea. Ihr Ring begann zu leuchten. Bea
starrte darauf. Was war nun schon wieder los, ihr Herz stolperte.

»Also? Was heißt das? Ich bin besonders und du redest mit einem besonderen Frosch. Also bist du …?« Er machte große Augen, sehr große Augen.

»Auch besonders – vielleicht?« Bea zog die Schultern hoch und
senkte den Kopf.

»Quak! Na endlich hat sie's kapiert!« Der Frosch machte einen
Satz und sprang Bea mitten auf den Kopf. Sie zuckte und zog
ihre Schultern noch höher. Die Augen kniff sie zusammen und
unterdrückte einen Schrei. Ein Quietschen entwischte ihren Lippen. »Ich bin ein Frosch und du – der König!«

»Königin!«, sagte Bea.

»Ha! Jetzt hast du es selbst gesagt. Du bist eine Königin, gut
so!« Dann sprang er wieder auf den Stein zurück, schloss die

Augen und machte es sich bequem. »Jetzt kannst du wieder an dich glauben!«, quakte er leise.

In Beas Fingern kribbelte es, in ihrem Kopf wurde es plötzlich ganz hell und klar, als hätte jemand das Licht darin eingeschaltet. Ein neues, ungewohntes Gefühl machte sich breit.

Ihr Herz klopfte wie wild. Auf einmal konnte sie sich vorstellen, dieses Abenteuer tatsächlich zu bewältigen. Sie glaubte, dass es ihrer Mama und ihrer Großmutter gut ging, dass sie es zusammen schaffen könnten. Dass sie es schafften, das Ding vom Berg zu vertreiben und das Glück zurückzuholen. Sie glaubte nun ganz fest daran.

Sie konnte wieder singen, tanzen und glauben. Sie blickte auf die Strähne zwischen ihren Fingern – sie war blau. Ölig, schimmernd blau. Und Bea lächelte.

Als sie zu dem Frosch auf dem Stein hinübersah, erblickte sie dahinter das Kaninchen und die Grille. Nun waren es schon drei.

Alle vier machten sich wenig später auf den Weg und folgten ihrem Herzen, so wie die Raupe es gesagt hatte.

Der Nachtfalter

Ganz vorn hoppelte das weiße Kaninchen den Pfad entlang, dahinter ging Bea, neben ihr hüpfte der Frosch und die Grille hatte es sich auf Beas Rucksack bequem gemacht.

Die Mittagssonne schien warm, aber nicht zu heiß. Der Weg führte auf einen Hügel hinauf, rechts säumten ihn blaue und weiße Fliederbüsche. Die Bienen darin brummten und summten, ihr Gesang vermischte sich mit den Düften zu einem Frühlingsfest.

Bea saugte den Geruch tief ein, es roch so voller Leben und Süße, ihr wurde schwindelig davon. Als hätte sie sich zu oft im Kreis gedreht. Früher hatte sie das oft gemacht, oder?

Es kam ihr vor, als wäre für einen kurzen Moment eine Erinnerung aufgetaucht: *Hände, die sich halten. Lachen. Schwindel. Gras, das auf der Haut kitzelt.* Wie die Spitze eines Eisberges brachen die Bilder durch die Oberfläche, aber der Rest blieb in der Tiefe verborgen. Die Grillen zirpten auf dem Kornfeld, das auf der anderen Seite die vier Abenteurer begleitete. Die jungen Halme raschelten und Pusteblumen wehten ihnen um die Nasen. Wie die schönen Gefühle, die Bea in diesem Augenblick spürte, tanzten die Pollen durch die Luft.

Bea würde am liebsten die Zeit anhalten. Dieser Moment war einfach perfekt. Der Kies knirschte unter ihren Füßen und die kleinen Steinchen bohrten sich in ihre Sandalen. Es war wie eine Fußmassage. Bea summte mit den Bienen, sie tänzelte hin und her und sie glaubte an alles, was gut war. Der Frosch hatte ihren Glauben an das Gute hervorgekitzelt.

Die Fähigkeit war die ganze Zeit vorhanden gewesen, aber etwas hatte sie begraben, verschüttet, als hätte in Beas Innerem ein Erdrutsch stattgefunden oder viel eher eine eiskalte Lawine, die sie eingefroren und zum Schneemann hatte werden lassen. Doch sie war schon dabei, zu schmelzen.

»Wir sind oben!«, schnaufte das Häschen. Es hockte sich an Ort und Stelle hin und wollte scheinbar erst mal Pause machen.

»Oh! Wie schön!«, seufzte Bea, die dazukam. Sie staunte nicht schlecht. Der Hügel war zwar nicht hoch, trotzdem überwältigte sie die Aussicht über das Land, das sich vor ihr ausbreitete wie ein bunter Teppich.

Direkt gegenüber sah sie den Mischwald mit seinen Eichen, Tannen, Kiefern und Buchen. Das helle Grün der jungen Blätter leuchtete heraus, als hätte ein Maler mit seinem Pinsel Farbtupfer in den sonst so dunklen Wald gesetzt.

Auf der linken Seite erstreckte sich ein großer See. Das Wasser glitzerte und Schilf umrandete das Ufer. Er sah aus wie ein riesengroßer Spiegel. Da wollte Bea nach der Pause gern hinübergehen. Ein wenig ans Ufer setzen und die Beine ins Wasser baumeln lassen, dachte sie sich und kicherte.

Die Grille in ihrem Nacken spielte voller Freude eine fröhliche Melodie und der Frosch quakte mit.

Musik war ihr ständiger Begleiter. Wie hatte sie die letzten Jahre nur ohne Musik sein können? Musik war wie Medizin und verscheuchte dunkle Bilder und schwere Gedanken. Sie lässt einen das Leben lieben und den Körper spüren. Das Leben, das durch die Adern rauschte und die Gedanken – wie ein Summen.

Bea musste an ihre Mutter und Großmutter denken. Hoffentlich sorgten sie sich nicht zu sehr. Bea seufzte. Sie vermisste die zwei. Sie legte den Kopf in den Nacken und blickte in den Himmel. Der strahlte herab wie eine blaue Leinwand.

»So! Ruhe, jetzt wird schnabuliert!«, befahl das Kaninchen und klopfte mit der Hinterpfote. Das ließen sie sich nicht zweimal sagen. Bea packte die Leckereien aus ihrem Rucksack heraus.

»Seltsam, so viel hatte ich doch gar nicht eingepackt! Der Rucksack wird ja eher voller, anstatt leerer«, murmelte Bea und kratzte sich am Kopf. Dann zuckte sie mit ihren Schultern und breitete alles in der Mitte aus. Vier große Augenpaare starrten darauf wie Mäuse auf den Speck. Es war ein wahres Festmahl.

Hart gekochte Eier lagen da und Würstchen. Buntes Gemüse wie Karotten, Tomaten und Paprika. Dann allerlei Käse, Nüsse und sogar Schokolade und Kekse. Zu guter Letzt zauberte Bea Erdbeeren und Heidelbeeren aus ihrem Rucksack wie der Zauberer das weiße Häschen aus seinem Zylinder. Sie schmatzten und kauten. Schlürften und schleckten. Bis sie mit dicken Bäuchen auf ihren Rücken lagen und dösten.

»Ich will hier liegen bleiben, für immer«, sagte Bea und streckte sich im hohen Gras. Es kitzelte an ihren Beinen.

»Papperlapapp!«, schimpfte das Kaninchen. »Die Pause darf nur eine Pause bleiben, sonst wird sie zum Ende.«

»Du wieder, sei nicht so ein Spielverderber!«, zirpte die Grille.

»Quak! Man kann doch eine Pause nach der anderen machen«, quakte der Frosch. Seine Zunge schoss hervor und schnappte sich eine Fliege.

»Pass doch auf mit deinem Klebeding! Fast hättest du mich erwischt!«, zirpte die Grille und hüpfte auf Beas Arm.

»Ja, pass doch auf, dummer Frosch. Wir brauchen alle sieben Glückstiere, keins darf verloren gehen, merk dir das gefälligst!«, sagte das Kaninchen und schnaubte.

»Quak! Quak und du … ihr … ich …« Bea hörte nur noch wie durch Watte. Sie war taub vor Entspannung und gutem Essen im Bauch. Sie war zwar nicht müde, aber träge und faul. Sie wollte einfach nur da liegen, nichts sagen, nichts hören – nur schauen. Den Himmel bewundern, die Zuckerwolken und schwankenden Baumkronen. Den raschelnden Blättern lauschen, den Melodien der Vögel und Insekten. Der Duft von frisch gemähtem Gras wehte zu ihr hinüber.

Das Gezeter ihrer Begleiter war wie ein Rauschen im Hintergrund, Bea nahm es kaum wahr. Sie blinzelte in die Sonne und ließ ihren Blick über einen Forsythien-Strauch gleiten.

Da stimmte doch irgendetwas nicht. Nur was? Der Busch war anders als die anderen. Bea wollte sich nicht bewegen und strengte ihre Augen umso mehr an. Da war etwas Graues auf den gelben Blüten. Es sah aus wie ein Schleier, der darüber lag.

Aber es war kein Schleier. Denn nun bewegte sich die graue Masse und stieg in die Luft wie Nebel. Sie zerbröselte zu kleinen Einzelteilen und schwebte in Beas Richtung. Nun war die Nebelwolke direkt über ihr. Die Teilchen flatterten und änderten ihre Farbe. Sie waren plötzlich blau, lila und pink. Bea wollte sich immer noch nicht bewegen und beobachtete sie nur.

Was war das? Bunte, flatternde Dinger … kam jetzt wieder der Zeitpunkt, wo Bea den Verstand verlor? Ihr Blick huschte von einem grünen zu einem roten Falter – ja, es mussten Falter sein oder Motten oder … Schmetterlinge. Der Nebel, der vorher noch über Bea gewesen war, schien nun direkt in sie hineinzuwandern. Plötzlich verschwamm das Konfetti der Schmetterlinge vor ihren Augen und der graue Schleier legte sich auf ihre Sinne.

Das Geplapper ihrer Freunde versickerte, der Geruch von Flieder und frisch gemähtem Gras schmolz dahin und sie sah nur noch graue Flecken überall. Eine Last drückte auf ihren Brustkorb, als würde ein Felsen dort liegen. Niemand kam ihr zur Hilfe, sie war wie gelähmt und konnte nichts tun. Lebendig gefangen – wie unter Wasser. Atmete sie noch? Es war ihr egal, alles war ihr egal. Sie würde für den Rest ihres Lebens hier liegen bleiben.

Sie hatte sich damit abgefunden. Mit ihrem Nebelgefängnis, festgeklebt an den Boden. Die Kälte kroch ihr den Rücken hinab und ließ sie am ganzen Körper frösteln. Bevor sie ihre Lider senkte, flog ein gelber Falter an ihr vorbei. Er glitzerte und schimmerte wie Gold. Sie sah seinen Flügelschlag so deutlich, als hielte die Zeit still.

Sie sah jede Faser, jede Struktur und den Goldstaub, den er hinter sich herzog. Seine Fühler tasteten nach ihrem Gesicht. Er berührte ihre Haut und klebte daran fest. Bea sah den Falter so detailreich, als würde sie durch eine Lupe blicken. Seine Augen waren Millionen leuchtender Punkte. In sämtlichen Farben. Genau so stellte sich Bea ein außerirdisches Wesen vor.

Die zwei Facetten bedeckten seinen halben Kopf und bestanden aus Tausenden von Ommatidien.

Sie leuchteten von innen heraus und kleine Härchen bedeckten die Oberfläche. Bea wurde hypnotisiert und aufgesaugt. Sie versank in einer Welt ohne Farben – voller Nichts.

**

Ein ohrenbetäubendes Kreischen riss sie aus der Leere. Sie drückte ihre Hände auf die Ohren und vergrub ihren Kopf zwischen den hochgezogenen Knien. Ihre Haare hüllten sie ein wie eine Decke.

»Wo bin ich?«, flüsterte sie. Dann wieder dieses Kreischen. Dieses Schreien. Bea wagte nicht, aufzublicken. Sie drückte ihre Augen fest zusammen.

»Es hat geholfen!«, ertönte eine Stimme.

»Natürlich. Dein Gequietsche würde Tote zum Leben erwecken. Da fallen die Sterne vom Himmel und die Würmer aus der Erde«, sagte eine andere Stimme.

»Da spricht wohl der Neid, mein Herr!«, höhnte die erste.

»Von wegen …«, erwiderte die zweite.

Diese Stimmen kannte sie doch. Bea lockerte ihre Muskeln und wagte, sich zu rühren. Da bemerkte sie die Wärme auf ihrer Haut. Sie roch Erde, als würde ihre Nase im Boden stecken. Sie konnte wieder riechen und spüren und hören und – sehen. Vor ihr diskutierten das Kaninchen und die Grille. Der Frosch hockte dahinter auf einem Stein und ließ sich in seinem Nickerchen nicht stören.

»Ha-Hallo!«, krächzte Bea.

»Ja endlich!«, rief das Kaninchen. »Zuerst wollte ich es ja nicht glauben, aber bei dem Krach! Es hätte jeden geweckt.«

Er schielte zu der Grille mit ihrer Geige.

»Kunstbanause!«, schimpfte die Grille und drehte sich beleidigt weg. Sie schüttelte ihre Flügel und der dadurch verursachte Wind blies dem Kaninchen entgegen.

Es schnaubte und hüpfte auf Beas Schoß. »Bist du soweit? Du hast lang geschlafen, dachten schon, du willst gar nicht mehr wach werden.« Die schwarzen Kulleraugen waren das Gegenstück zu den überirdischen Gruselaugen des Falters. Das Kaninchen war wie ein kuscheliges Plätzchen vorm Karmin, der Nachtfalter wie der Totengräber auf einem Friedhof.

Bea schüttelte sich und warf die Gefahr ab, der sie gerade entronnen war. Sie streichelte das weiße Fell ihres kleinen Freundes. Ihre Hand zitterte noch immer, doch das Kaninchen bemerkte es nicht. Bea nickte.

Hatte sie nur geträumt? Oder war sie zum wiederholten Male verrückt geworden? Ein kalter Schauer lief ihren Rücken herab. Dann fiel ihr Blick auf den Ring. Er leuchtete heller als sonst.

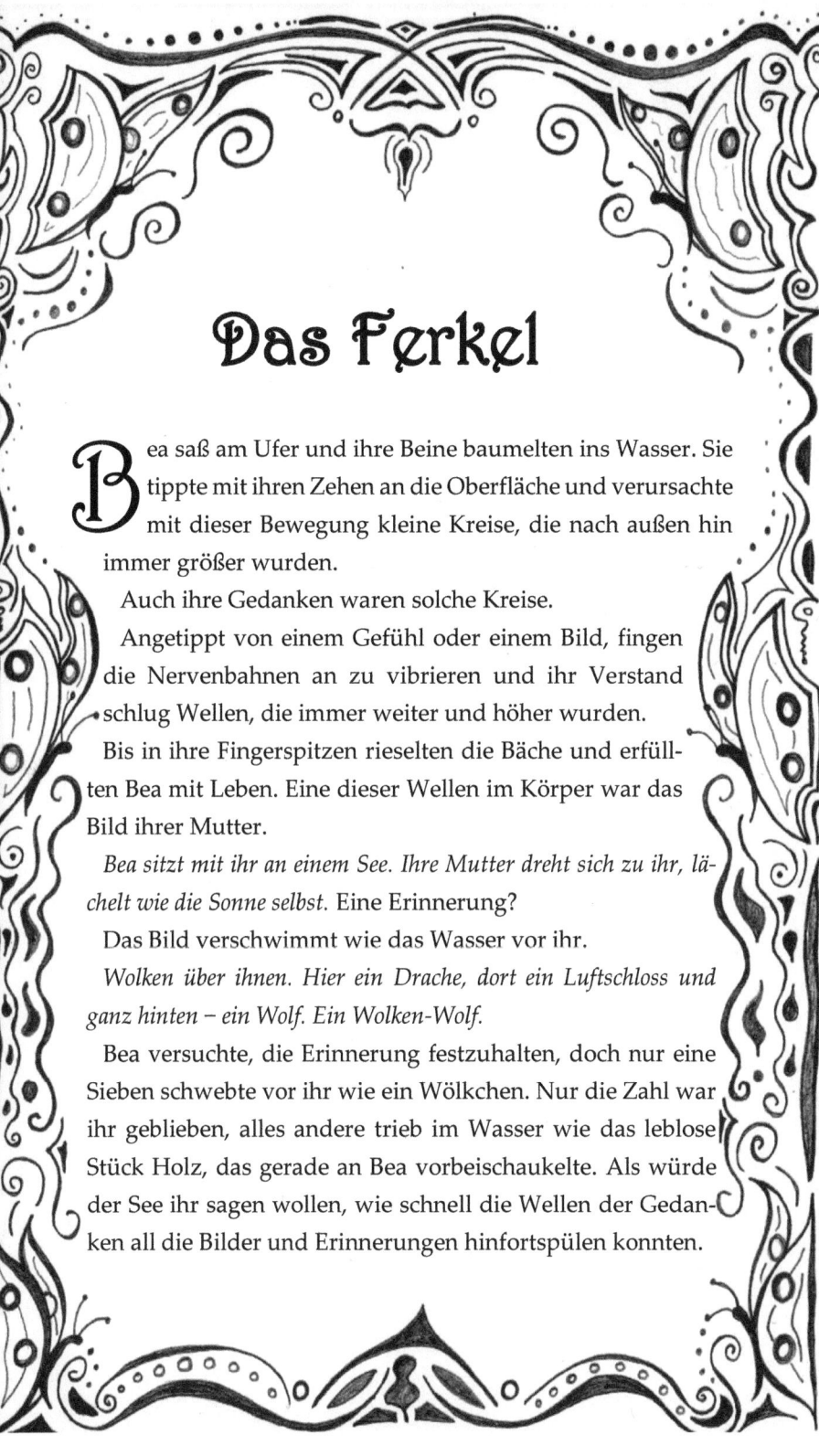

Das Ferkel

Bea saß am Ufer und ihre Beine baumelten ins Wasser. Sie tippte mit ihren Zehen an die Oberfläche und verursachte mit dieser Bewegung kleine Kreise, die nach außen hin immer größer wurden.

Auch ihre Gedanken waren solche Kreise.

Angetippt von einem Gefühl oder einem Bild, fingen die Nervenbahnen an zu vibrieren und ihr Verstand schlug Wellen, die immer weiter und höher wurden.

Bis in ihre Fingerspitzen rieselten die Bäche und erfüllten Bea mit Leben. Eine dieser Wellen im Körper war das Bild ihrer Mutter.

Bea sitzt mit ihr an einem See. Ihre Mutter dreht sich zu ihr, lächelt wie die Sonne selbst. Eine Erinnerung?

Das Bild verschwimmt wie das Wasser vor ihr.

Wolken über ihnen. Hier ein Drache, dort ein Luftschloss und ganz hinten – ein Wolf. Ein Wolken-Wolf.

Bea versuchte, die Erinnerung festzuhalten, doch nur eine Sieben schwebte vor ihr wie ein Wölkchen. Nur die Zahl war ihr geblieben, alles andere trieb im Wasser wie das leblose Stück Holz, das gerade an Bea vorbeischaukelte. Als würde der See ihr sagen wollen, wie schnell die Wellen der Gedanken all die Bilder und Erinnerungen hinfortspülen konnten.

Wie wenig man bei sich behalten durfte und wie rasch die Zeit verflog. Würde das Glück jemals wieder zurückkehren? Wo der Fluss des Schmerzes so reißend und gnadenlos gewesen war?

Bea rutschte ein wenig weiter vor, beugte sich über ihre Knie und betrachtete ihr ruheloses Spiegelbild.

»Habt ihr die Raupe schon mal getroffen?«, fragte sie die Tiere, ohne den Blick von dem wankenden Mädchen im Wasser zu heben. Es sah so aus, wie Bea sich fühlte.

»Quak! Bei meinem *Ich* ist die Raupe eine Eidechse«, quakte der Frosch. Er tauchte gerade inmitten des kleinsten Kreises aus dem Wasser empor und blinzelte ins Sonnenlicht.

Wie hatte er unter Wasser Beas Frage hören können? Bea runzelte die Stirn. Seltsam. »Wie meinst du das? Ich versteh kein Wort – oder besser gesagt, keinen Quaker.«

»Meine Eidechse hat mir geholfen, mein Glück zu finden«, quakte er.

»Ah, okay, ich verstehe. Es gibt mehrere verschiedene Glücksboten, sozusagen?«, fragte Bea und spielte mit einer ihrer Haarsträhnen.

»Papperlapapp!«, sprach das Kaninchen dazwischen. Es war auf Beas Schoß gekrochen und ließ sich streicheln. »Ich hab es dir doch erklärt. Die Raupe ist die Königin der Verwandlung deines Ichs.«

Dann schnupperte es in Richtung Frosch. »Die Eidechse vom *Ich* des Frosches ist – bloße Einbildung. Was sollte schon ein Salamander mit einem Frosch anfangen?«

»Ne ganze Menge, Zotteltier!«, quakte der Frosch und tauchte beleidigt unter.

»Und was soll eine Raupe mit einem dummen kleinen Mädchen anfangen?«, fragte Bea und knibbelte an ihren Fingernägeln herum.

»Du bist vielleicht nicht die Hellste – aber die Raupe ist ein Teil von dir, das ist Gesetz! Das Gesetz der Mensch-Tier-Natur!« Das Kaninchen zitterte und schnüffelte umher, als würde es ein Raubtier wittern. »Aus und Basta!«, sagte es und drückte sich tiefer in Beas Schoß hinein.

»Warum fragt mich eigentlich niemand? Schon mal auf die glorreiche Idee gekommen?«, zirpte die Grille auf Beas Schulter in ihr Ohr. Auch sie war hinzugekommen.

»Ähh … Entschuldigung, liebe Grille, das war wirklich keine Absicht!«

»Also ich kenne ein Geheimnis«, flüsterte die Grille, so dass nur Bea es hörte.

Beas Augen weiteten sich und wurden schwarz wie der Grund des Sees. Sie kaute auf ihrer Unterlippe und hielt den Atem an. »Ja?«

»Die Raupe ist …«

»Hey, was zirpst du da, Grille?«, rief das Kaninchen.

Bea zuckte und seufzte. »Kaninchen, sei kein Spielverderber!« Sie schmollte und wandte ihr Ohr wieder der Grille zu. Doch die war auf den Stein gehüpft und setzte zum Liedchen an.

»Das ist gemein«, grummelte Bea und zog ihre Brauen zusammen.

»Das soll ein Geheimnis bleiben, sonst ist deine Mission in Gefahr. Du erfährst früh genug, was du wissen musst!«, sagte das Kaninchen.

Es blickte mit seinen Knopfäuglein von unten in Beas Gesicht, als würde es um sein Leben betteln. Warum musste es nur immer so furchtbar theatralisch sein?

Bea wollte es jetzt wissen. Vernunft hin oder her. Was hatte das alles zu bedeuten? Die Raupe und die Glückstiere – was kam danach? Wie sollten sie es schaffen, dass es wieder wie früher werden würde? Das Ding auf dem Berg konnte unmöglich von ein paar Tieren beseitigt werden. Es war überirdisch und voller dunkler Magie. Es hatte ein ganzes Dorf verhext und Bea in die Unterwelt gezogen, lebendig begraben.

Und doch, Bea fühlte sich stärker als zuvor. Sie fühlte sich immer noch wie Bea, nur anders eben. Etwas war hier im Gange und auch wenn es nur ein Traum war, aus dem sie zu Hause in ihrem Bett erwachen würde, so nähme sie doch all ihre Erkenntnisse mit. Mit in die Wirklichkeit, mit in ihr altes Leben, das sich dann zwangsläufig verändern würde.

Sie überlegte, was genau anders war. Nicht nur die Strähnen in ihrem Haar und der Ring an ihrem Finger – nein, das war längst nicht alles. Es kam ihr so vor, als sehe sie durch eine Lupe. Das Gras, der Himmel, das Fell des Kaninchens, das Wasser, die Wellen, die Gänseblümchen.

So hatte sie die Welt noch nie gesehen. Genauso war es mit den Gerüchen und den Klängen. Sie fühlte die Wärme der Sonne und die Kälte der Erde. Und sie schmeckte den Pollenstaub auf ihrer Zunge. Um es zu sagen, wie es war: Ihre fünf Sinne waren wie die eines Zauberers. Sie sah, was sie früher nicht gesehen hatte und was sonst kein anderer sah. Bea ließ ihren Blick über die Wasseroberfläche schweifen.

Die glitzernden Punkte darauf, das Spiegelbild des gegenüberliegenden Ufers, die Birken, das Schilf und die Fliederbüsche, die ihre Samen durch die Luft tanzen ließen. Ja, das war die Veränderung, die Verwandlung. Aber es fehlten noch vier Tiere. Was würde sich noch alles ändern?

»Wir haben Besuch!«, quakte es plötzlich neben Bea. Der Frosch blickte sie mit seinen Glubschaugen an. Er saß im Gras und als Bea über ihn hinwegsah, erblickte sie den Gast. Im hohen Gras spitzten zwei Ohren heraus. War es das schon? Das vierte Glückstier?

»Quiek«, machte es und die hohen Gräser raschelten. Die Ohren verschwanden wieder.

Bea erhob sich lautlos. Auf Zehenspitzen schlich sie in Richtung des Quiekens. Sie hielt die Luft an und verengte ihre Augen, stellte den Blick scharf, um jede noch so kleine Bewegung wahrzunehmen. Und tatsächlich, wenige Meter vor ihr schwankten die Margeriten, als würde eine unsichtbare Hand die Blumen schütteln.

Bea spähte in die blühende Pracht hinein und entdeckte ein Bündel auf der Erde kauern. Es hatte das Gras und die Blumen an der Stelle plattgedrückt und über seinem Rücken ragte das Grün darüber und verdeckte es so größtenteils. Das Tierchen zitterte und Bea spürte einen Stich im Herzen. Sie wollte es keinesfalls ängstigen. »Ich tu dir doch nichts, kleines Ding!«

Es rührte sich nicht, zitterte weiterhin.

»Warum hast du denn solche Angst? Was bist du für ein Tier?«, sprach Bea. Sie versuchte, ihre Stimme so klingen zu lassen, als würde sie ein Baby beruhigen, das weinte.

Da hob es seinen Kopf. Es war tatsächlich ein Baby – nur kein Mensch, sondern ein Schweinchen. Ein rosarotes Dingelchen ohne Haare und ohne Schutz. Bea schmolz dahin wie Eis in der Sonne. Wie zuckersüß es war, sie konnte es kaum ertragen.

»Komm schon her, du süßes Ding, ich beschütze dich!«, sagte Bea und streckte ihre Arme nach dem Ferkelchen aus. Sie hatte sich schon so lang ein Haustier gewünscht. Das hier war besonders goldig – ein Glücksschwein, jede Wette.

»Quiek! Aber ich habe Angst und du bist so groß!«, piepste es und seine Steckdosen-Nase wackelte. Es duckte sich tief ins Gras hinein. »Ich komme nur zu dir, wenn du mir beweist, dass du genügend Mut besitzt, um mich beschützen zu können!«, quiekte es.

Beas Augen weiteten sich. Sie war nicht mutig, im Gegenteil. Sie würde dem Schweinchen gern die geforderte Garantie geben, aber sie musste auch ehrlich sein. Käme eine Gefahr und Bea könnte das Ferkel nicht beschützen, so würde sie sich das niemals verzeihen. Also lieber gleich mit der bitteren Wahrheit rausrücken.

»Das tut mir leid, aber ich bin überhaupt nicht mutig!« Sie ließ ihr Kinn auf die Brust sinken und die Haare fielen ihr ins Gesicht.

»Papperlapapp!«, quiekte das Schweinchen. »Natürlich bist du mutig! Sieh nur, wie weit du schon gekommen bist!«

»Woher weißt du, dass das mein Verdienst ist?«, fragte Bea und hob ihren Kopf wieder.

»Jemand hat es mir erzählt!«

»Wer denn?«

»Das ist ein Geheimnis.«

»Warum hat nur jeder Geheimnisse vor mir?«

»Du wirst schon bald alles verstehen, Kind!«, quiekte das Ferkel und rümpfte sein Schnäuzelchen. »Du hast deinen Zweifel bei der Krähe besiegt. Die Schlange hat es nicht geschafft, dich in Versuchung zu führen. Und dem Sog der Lethargie konntest du entkommen, als dich die Nachtfalter ins Reich der ewigen Träume entführen wollten. Du musst Mut besitzen, um das alles zu überstehen. Du hattest Mut, für den Hasen zu singen und für die Grille zu tanzen. Und du hast dem Frosch deinen starken Glauben bewiesen. Glaubst du auch jetzt noch? An deinen Mut? Du musst!«

Nun wirkte es gar nicht mehr wie ein Ferkelchen auf der Schlachtbank, sondern wie eine weise Eule. Bea blieb das Wort im Halse stecken und der Mund offen stehen. Sie reflektierte und musste zugeben, dass sie selbst von sich überrascht war. Das Ferkel hatte recht. Sie hatte alles überstanden und war schon so weit gekommen. Sie hatte den Zauberring, neue Freunde und einige ihrer früheren Fähigkeiten zurückerlangt.

»In Ordnung!«, sagte sie.

»Was ist in Ordnung?«, fragte das Ferkel.

»Äh … ja, du hast recht, ich bin – mutig.«

»Etwas lauter, bitte!«, quiekte das Schweinchen.

Bea richtete ihren Oberkörper auf, als setzte sie zu einer Rede an. Sie warf ihre schwarze Mähne über die Schultern, glättete ihr Kleid und räusperte sich: »Ich. Bin. Mutig!«, rief sie mit fester Stimme. Das Ferkel verließ sein Versteck und trabte auf Bea zu. Es stupste Bea mit seiner Schnauze an ihr Bein und hinterließ einen kreisrunden, nassen Fleck. Bea kicherte. Der Mut, der gerade noch auf ihrer Zunge gelegen hatte, floss gerade durch ihren ganzen Körper.

Sie spürte ihn wachsen, als würde ein Luftballon in ihrem Bauch stecken.

Das Schweinchen stupste sie ein weiteres Mal an und grunzte: »Komm! Die anderen warten schon.«

Bea nahm eine ihrer Haarsträhnen zwischen die Finger und ein Lächeln brach aus ihr heraus, nun hatte sie also das vierte Glückstier gefunden. Bald könnte sie nach Hause zurückkehren und ihre Mutter wiedersehen. Sie sah ihr Gesicht vor sich. Ein Gesicht wie dieser Frühlingstag. Bea stiegen Tränen in die Augen. Hoffentlich käme das Glück in ihre Heimat zurück. Mutter und Großmutter würden die Leere und die Dunkelheit sicherlich nicht länger ertragen können.

Bea hatte ihren Mut zurückgewonnen. Und ihren Glauben. Sie konnte wieder singen und tanzen. Alles würde gut werden. Die Haarsträhne in ihren Fingern war nicht schwarz, sondern rosa. Rosa wie das Glücksschweinchen, das sie nun begleitete.

Bea, das Kaninchen, die Grille, der Frosch und das Ferkel gingen weiter, den Weg entlang. Sie folgten ihrem Herzen, wie die Raupe es gesagt hatte

Die Schnecke

Die Erde bebte, als würde es im Magen eines Riesen rumpeln. Der Donnerschlag durchfuhr jeden Baum, jeden Stein und auch Beas Körper. Unter ihren Füßen spürte sie die Erschütterung und dem Ferkelchen vor ihr entfuhr ein Quieken. »Wir brauchen einen Unterschlupf«, fiepste es.

»Ich nicht!«, quakte der Frosch. Er hockte auf dem Weg, streckte sein Gesicht in Richtung Himmel und wartete auf den Regenguss. Nein. Er hatte kein Problem mit dem Nasswerden, aber der Blitz würde auch ihn braten und Froschschenkel aus ihm machen.

»Da drüben sind Felsen«, zirpte die Grille. Sie schlug ihre Beine aneinander und ihr gesamter Körper erzitterte.

Das Kaninchen sprang von Beas Arm und hoppelte voraus, den Pfad am Waldrand entlang. Es übernahm die Führung und kundschaftete ein geeignetes Lager aus. Bea war sich sicher, dass es eine vernünftige Lösung finden würde, und so folgte sie ihrem Gefährten.

Ob zu Hause auch gerade ein Unwetter aufzog? So wie damals, vor sieben Jahren, als das verhängnisvolle Unwetter hereingebrochen war und nicht wieder abziehen wollte?

Würde dieses Gewitter auch so ein seltsames Ding mitbringen, das alles rundherum vergiftete und verschlang?

Bea hielt inne und blickte zu den fernen Bergen, die von grünem Schein umgeben waren. Noch immer? Befand es sich noch immer dort oben? Waren all die Menschen ebenso dort? Das konnte doch aber kaum möglich sein. Genauso wenig wie sprechende Tiere und nie endende Träume.

Was soll's, Hauptsache das Glück käme zurück und das Lächeln auf das Gesicht ihrer Mutter und ihrer Großmutter und auf ihr eigenes. Alles andere schob Bea weit, weit weg, bis hoch zu dem Berggipfel, hinein in das mysteriöse Ding.

Ein erneutes Grollen rollte über das Land. Bea beschleunigte ihre Schritte. Der Wind zerrte mit Geisterhänden an ihrem Kleid. Hinten bei den Bergen zuckten Blitze und erhellten die Gipfel. Das Ding hockte tatsächlich noch dort oben. Das Licht ließ es wie ein UFO erleuchten. War es das womöglich auch? Handelte es sich um Außerirdische, die nun alle Bewohner mit ins Weltall entführen wollten?

Bea schauderte und der nächste Donnerschlag zerhackte die Luft wie eine Axt das Holzscheit. Ein Quieken, Quaken, Schreien und Zirpen waren zu hören. Nur das Häschen schwieg und suchte weiter nach einem Unterschlupf. Sie näherten sich einigen Felsbrocken, die im Wald lagen. Druidensteine. Sie steuerten darauf zu. Der erste Tropfen traf Bea auf dem Kopf. Er lief ihre glatten Haare hinab und rann in ihren Kragen hinein.

Bea zuckte zusammen und lief noch schneller. Dann folgte auch schon der nächste Tropfen auf ihre Nase, dann noch einer und noch einer und dann – ein Platzregen.

Schnell huschte sie in den Wald hinein, unter das schützende Blätterdach. Fünfunddreißig Tropfen hatte sie gezählt, bis sie in einen Regenschwall übergingen.

Bea duckte sich unter die Felsenhöhle ins Laub und Moos hinein. Senkrecht errichtete Steinbrocken bildeten hier, am Waldrand, mehrere höhlenartige Gebilde. Sie fröstelte leicht und das Kaninchen versuchte, sie zu wärmen.

Der Regen verschwand so schnell, wie er gekommen war – wie ein Gast, der nur etwas hatte abgeben wollen. Er zog weiter und die Nässe ließ er zurück.

Der Magen des Riesen war wohl gefüllt worden, denn der Donner verschwand in weite Ferne. Die Sonne blinzelte noch einmal kurz über den Horizont, doch ihre Farbe war schon dunkelrot und als sie hinter den Feldern unterging, waren Bea und ihre Freunde eingeschlafen.

***

Bea erwachte als Erste. Vorsichtig schob sie das Kaninchen zur Seite. Sie warf einen Blick auf das Ferkelchen, das neben Frosch und Grille schlief und dabei aussah wie ein Welpe, und krabbelte auf allen vieren hinaus.

Was würden ihr diese Tiere bringen? Das verlorene Glück? Jetzt gerade in diesem Moment spürte Bea so etwas wie Glück. Es kribbelte im Hals, ihr Herz purzelte über ihre Atemzüge, stolperte, überschlug sich und endete in einem Lächeln.

Die Sonne spitzte schon zwischen den Blättern hindurch, als würde sie höflich um Einlass bitten. Der Wald öffnete seine Tore und ließ das Licht gewähren.

Flüssiges Gold überflutete den Waldboden mit seinem Laub und den Tannenzapfen. Die Feuchtigkeit des Gewitters wollte der Sonne noch nicht weichen und blieb trotzig sitzen. Auch Bea hockte sich mit angezogenen Knien auf einen flachen Stein.

Sie blickte über die Wiese neben dem Waldrand. Die Samen der Pusteblumen stiegen wie Schneeflocken in den Himmel. Bea lauschte einem Vogel bei seinem Guten-Morgen-Lied und spürte die warmen Sonnenstrahlen auf ihrem Rücken. Sie könnte ewig hier sitzen. Doch mit den Minuten, die sie hier saß, kamen Erinnerungen wie die Pusteblumen geflogen. Aus heiterem Himmel und lautlos. Trotzdem umso gefährlicher.

Bea spürte den kalten Stein unter ihren Schenkeln, die Feuchtigkeit fraß sich durch ihr Kleid und die Sonnenstrahlen schienen sich in ihre Haut bohren zu wollen.

Zu viele Bilder auf einmal wanderten durch ihren Kopf und störten sie. Mama wartete! Dunkelheit über Nirval! Leere Häuser! Das Ding auf dem Berg! Drei fehlende Glückstiere und immer wieder die grüne Raupe mit ihren Eulenaugen. Beas Zahlen erschienen und purzelten durcheinander. Da eine Zwei und dort eine Fünf und da hinten eine Drei.

Sie hielt sich den Kopf, denn alles drehte sich darin, klemmte ihn zwischen die Knie und da sah Bea sie. Sie erschrak und rückte ein Stückchen zurück. Vor ihr lag ein Schneckenhaus. Doch es war nicht irgendein Schneckenhaus.

Es war so groß wie ein Apfel, die Spirale auf dem Häuschen hypnotisierte Bea, so klar war es. Und diese Farbe! Unbeschreiblich. Sie hatte Ähnlichkeit mit Seifenblasen oder einem Regenbogen. Bunt eben. Sie flossen ineinander und reflektierten das Sonnenlicht.

Bea starrte die Riesenschnecke an wie Mogli die Schlange aus dem Dschungelbuch. Völlig von Sinnen und zu keiner Bewegung imstande. Dieses Tier faszinierte und erschreckte Bea gleichermaßen. Jedes einzelne Härchen auf ihrer Haut knisterte vor elektrischer Spannung und Energie.

Nicht nur auf dem Schneckenhaus war diese magische Spirale, sondern um Bea herum, bis hoch zu den Baumwipfeln. Regenbogenartige Wellen brachten die Umgebung zum Schwingen, ein Surren lag in der Luft und es roch so eigenartig.

Was war das nur für ein Geruch? Sie kannte ihn. Regen, nasses Gras und … Fell! Ja, es roch hier wie ein nasser Hund. Eigenartig! Bea schüttelte den Kopf und seufzte. Hier war aber kein Hund, sondern eine Riesenschnecke mit einem lebendigen Schneckenhaus. Hier stimmte etwas nicht.

Bea sah genau auf das Tier, sein Kopf fuhr aus seinem Versteck heraus und die Fühler tasteten in Beas Richtung. Die Schnecke gab schmatzende Geräusche von sich, sie matschte, saugte und schleimte. Igitt! Bea wurde geschüttelt vor Ekel.

Seltsame Dinge gingen hier vor. Die Schnecke war plötzlich kein Apfel mehr, sondern eine Melone, dann ein Kürbis, der nicht mehr aufhörte, größer zu werden. Bis Bea den Kopf in den Nacken legen musste, um zu ihren Fühlern sehen zu können.

Alles rundherum drehte sich, wirbelte Bea ein, sie konnte sich noch immer nicht bewegen. Ihr Herz klopfte gegen ihre Brust, die Knie schlotterten und plötzlich war ihr schwindelig. Sie schwankte wie ein Segelboot auf hoher See. *Hilfe!*, dachte sie. Sie wollte schreien, aber alles an ihr war wie gelähmt. Dann sprach die Schnecke. Worte, die wie Schritte im Schlamm klangen: »Komm, mein Kind! Komm, komm herein in mein gemütliches

Haus!« Bea konnte nicht klar denken. Sie versuchte zu zählen, zu rechnen, doch ihr Gehirn fühlte sich an wie Kaugummi. Die Gedanken klebten aneinander und Bea hatte alle Hände voll zu tun, um das Kaugumminetz zu entwirren.

Erfolglos. Einzelne Nullen und Einsen schwirrten umher, doch die konnten Bea nicht beruhigen. Sie beobachtete sich selbst dabei, wie ihre Beine auf die Öffnung des Schneckenhauses zuliefen. An der Stelle, an der ihr glitschiger, schmieriger Kopf herauskam, leuchtete es gelb. Dieses Gelb zog Bea an. Sie bewegte sich Schritt für Schritt darauf zu.

Innerlich kämpfte sie, wollte schreien, stehen bleiben, sich umdrehen und wegrennen, aber sie konnte nicht. Sie konnte nur eins, auf die gelbe Öffnung zugehen und schweigen.

»Bei mir in meinem Häuschen würde es dir gut gefallen, mein Kind. Hier, bei mir bist du in Sicherheit! Für immer«, schmatzte die Schnecke und ihre Fühler kamen Bea ungewollt nahe.

Zu nahe. Bea spürte einen Würgereiz. Wie gern würde sie ihre Augen schließen, aber auch das ging nicht.

Dann stand sie direkt vor der Öffnung. Die Schnecke lockte noch einmal und verschwand dann in ihrem Schneckenhaus. Ein gelber, schwacher Lichtschein trat aus dem Loch – nun duftete es nach Zitrone und Vanille. Himmlisch. Bea ging weiter. Die Spirale auf der Außenseite drehte sich beharrlich und zermatschte Beas Gedanken zu einem Brei.

Als sie ihre Hände nach dem Rand der Öffnung ausstreckte, fiel ihr Blick auf den leuchtenden Ring an ihrem Finger. Ein Blitz fuhr durch ihren Körper. Ein kurzer Schmerz durchzuckte sie, der den Gedankenbrei in ihrem Kopf lahmlegte. *Halt! Stopp!*, dachte Bea. Das hier war eine Falle, ein Unglückstier. Sie musste schleunigst weg. Ohne zu zögern, drehte sich Bea um und lief. Sie lief, als wäre ein Monster hinter ihr her, sie lief wie auf glühenden Kohlen. Sie lief, ohne nach links oder rechts zu blicken und vor allem – ohne den geringsten Zweifel, dass sie es schaffen würde. Denn der Glaube in ihr war stark, stärker als das Unglückstier hinter ihr.

Bea lief und lief, bis sie über eine Wurzel stolperte und mit dem Gesicht mitten in das Laub fiel. Sie roch nasse Erde und Kiefernadeln. In ihrem Mund hatte sie Dreck, spuckend und hustend rappelte sie sich auf und klopfte sich die Blätter vom Kleid. *Hab ich es geschafft?*, entfuhr ihr ein Gedanke.

Sie sah nur Bäume und Steine, auf denen ihre Freunde saßen: Das Kaninchen putzte sich sein weißes Fell. Die Grille spielte Geige im Lichtkegel der Morgensonne. Der Frosch sah Bea an, als würde er mit offenen Augen schlafen. Und das kleine Ferkelchen verspeiste gerade einen Pilz.

Weit und breit keine Schnecke in Sicht. Weder eine große noch eine ganz gewöhnliche. Nichts. Bea kratzte sich am Kopf und ordnete sich die Haare.

Sie trat von einem auf den anderen Fuß und kam sich irgendwie fehl am Platze vor. Wie bestellt und nicht abgeholt. Sie räusperte sich einige Male.

»Da bist du ja endlich, Kindchen, hast wohl wieder die Zeit mit Träumen vertan«, tadelte das Kaninchen.

»Wurde auch wirklich Zeit!«, quakte der Frosch.

»Nun frühstücke erst einmal, du bist ja ganz blass«, grunzte das Ferkel.

Die Grille steckte ihre Geige weg und zirpte: »Aber hurtig, wir wollen endlich weiter!«

Die Spinne

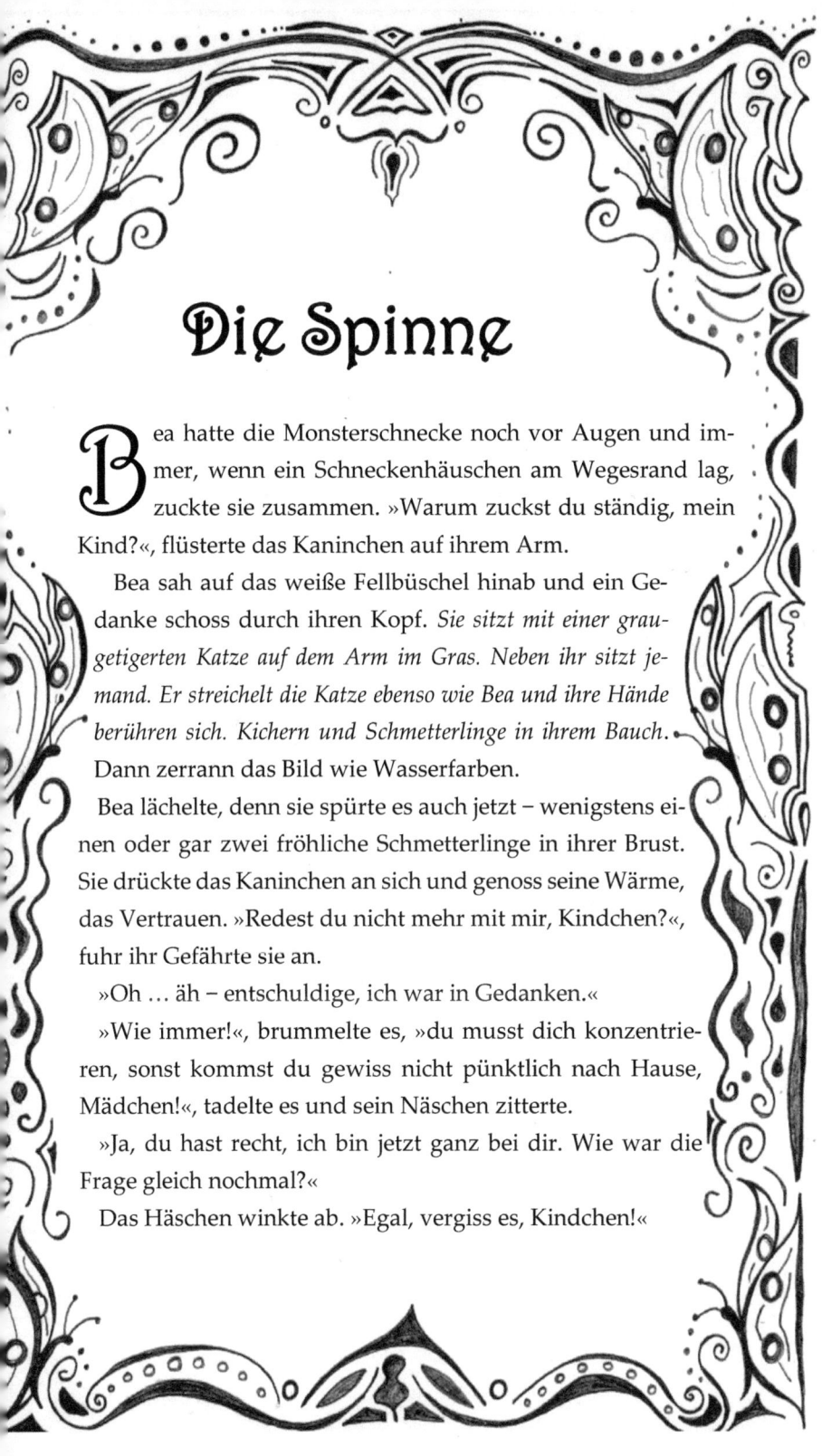

Bea hatte die Monsterschnecke noch vor Augen und immer, wenn ein Schneckenhäuschen am Wegesrand lag, zuckte sie zusammen. »Warum zuckst du ständig, mein Kind?«, flüsterte das Kaninchen auf ihrem Arm.

Bea sah auf das weiße Fellbüschel hinab und ein Gedanke schoss durch ihren Kopf. *Sie sitzt mit einer graugetigerten Katze auf dem Arm im Gras. Neben ihr sitzt jemand. Er streichelt die Katze ebenso wie Bea und ihre Hände berühren sich. Kichern und Schmetterlinge in ihrem Bauch.* Dann zerrann das Bild wie Wasserfarben.

Bea lächelte, denn sie spürte es auch jetzt – wenigstens einen oder gar zwei fröhliche Schmetterlinge in ihrer Brust. Sie drückte das Kaninchen an sich und genoss seine Wärme, das Vertrauen. »Redest du nicht mehr mit mir, Kindchen?«, fuhr ihr Gefährte sie an.

»Oh … äh – entschuldige, ich war in Gedanken.«

»Wie immer!«, brummelte es, »du musst dich konzentrieren, sonst kommst du gewiss nicht pünktlich nach Hause, Mädchen!«, tadelte es und sein Näschen zitterte.

»Ja, du hast recht, ich bin jetzt ganz bei dir. Wie war die Frage gleich nochmal?«

Das Häschen winkte ab. »Egal, vergiss es, Kindchen!«

»Na gut«, nuschelte Bea und blickte auf den Boden. Da huschte plötzlich wieder das Bild der Schnecke in ihren Kopf wie ein kleines, flinkes Mäuschen. Zweifel legte sich bitter auf ihren Magen und verscheuchte die Schmetterlinge.

»Habt ihr sie denn nicht gesehen?«, fragte Bea.

»Wen?«

»Na, die – große Schnecke.«

»Große Schnecke? Normale Schnecken, ja, natürlich sieht man ab und zu eine – ich weiß ja nicht, was du unter groß verstehst«, sagte das Kaninchen und runzelte seine Hasenstirn.

Bea beließ es dabei. Es hatte doch keinen Sinn, das Thema aufzureißen wie ein Geschenk, bei dem man sowieso schon wusste, dass es im Müll landen würde. Die Geschichte mit der Schnecke wollte jetzt sicherlich keiner hören und wahrscheinlich war es besser, sie vergaß das Ganze so schnell wie möglich.

»Wo gehen wir eigentlich hin?«, fragte Bea und blickte sich um. Sie hatten den Wald hinter sich gelassen. Die Berge lagen rechts von ihnen. Links erstreckten sich endlos weite Wiesen und Kornfelder. Was dahinter wohl liegen mochte? Bea wusste nicht viel von der großen weiten Welt. Sie erinnerte sich nicht. Hatte ihre Mutter ihr je von den Ländern jenseits ihres Dorfes berichtet? Hatten ihre Freunde Geschichten gekannt, die von der Welt hinter den Bergen erzählten? Gab es überhaupt eine Welt dort draußen? Sie wusste es nicht mehr.

Und was war mit dem Himmel und den Sternen? Bea legte den Kopf in den Nacken und betrachtete die Wolken. Da war eine Schneckenwolke. Nein, nicht schon wieder eine Schnecke! Dort drüben eine Häschenwolke. Direkt über ihr schwebte eine Raupenwolke. Bea schloss die Augen und blieb stehen.

»Was ist nun schon wieder?«, schimpfte das Kaninchen. Bea öffnete kurz die Augen, als es nun, sichtlich am Ende seiner Geduld, von Beas Arm hüpfte und murrend zum Ferkel hoppelte. Das rosa Tierchen trabte munter den Weg entlang und schnappte immer wieder rechts und links nach Blumenblüten oder Beerensträuchern.

Bea sah nach oben, dort flatterte direkt über ihr ein Zitronenfalter. Ihr Herz zog sich zusammen. *Du wirst zum Schmetterling. Wunderschön. Frei. Bunt,* hörte sie die Raupe sagen. Würde sie so werden wie dieser Schmetterling? Bis jetzt hatte die Raupe recht behalten. Vier Glückstiere hatte sie bereits gefunden, ihre Fähigkeiten zurückbekommen: singen, tanzen, glauben und mutig sein. Es fehlten also noch drei. Doch welche?

»Was ist denn mit euch lahmen Schnecken los?«, quakte der Frosch. Er hockte auf einem Stein, weit vorn in der Kurve, neben dem Holunderstrauch. »Macht ihr schon wieder Pause?«

»Kindchen, komm schon, du Träumerin!«, rief das Kaninchen ihr zu. Die Sonne stand hoch oben und brannte heiß herab. Es war zwar Frühling, doch der Tag zeigte sich von seiner sommerlichen Seite.

Bea wischte sich den Schweiß von der Stirn. Sie schaute zum Bach, der sie immer noch begleitete. Er funkelte und lud zum Verweilen ein. Er lockte die Füße, sich darin zu erfrischen, und Bea seufzte. »Ich habe Durst!«

Sie steuerte zum Ufer und rutschte barfuß den kleinen Hang hinab. »Kommt, lasst uns Pause machen. Wir gehen schon seit siebzehntausenddreihundertfünfzig Sekunden. Das ist genug!« Ihre Zahlen waren ihr noch immer treu, aber sie kamen nicht mehr so häufig. Ja. Sie wurden weniger, seltener, durchsichtiger.

Schon baumelten ihre Füße im Wasser und die Erfrischung wanderte ihre Beine und Arme hoch, bis zu ihrem Kopf. Sie hörte einen lauten Platsch! Bea kicherte. Sie wusste genau, wer da in den Bach gesprungen war und hörte kurz darauf ein lustiges Froschkonzert durch die Luft erklingen. Bea packte ein paar Nüsse und Äpfel aus ihrem Rucksack heraus. *Warum ist er eigentlich immer gefüllt?*, dachte sie. Egal!

Sie legte ihren Oberkörper zurück ins Gras und lauschte dem Gezirpe und Gequake ihrer Freunde. Das Kaninchen und das Ferkel machten sich über den Löwenzahn, Sauerampfer und Beas Äpfel her. Sie beobachtete die beiden und musste lächeln. Wie sie schmatzten und kauten, als hätten sie seit Tagen nichts gegessen.

Gerade, als Bea ihre Lider schließen wollte, krabbelte etwas durch ihr Sichtfeld. Fast hätte sie die Augendeckel nicht mehr aufbekommen – es lagen Steine darauf, so fühlte es sich jedenfalls an – doch Beas Neugier wog schwerer als die Steine. Und dann sah sie das Krabbeltier vor ihrer Nase.

Eine Spinne. Bea zuckte zurück. Igitt. Sie ekelte sich zutiefst vor diesen krabbeligen, kleinen Ungeheuern. Diese langen, haarigen Beine und niemals hörte man sie kommen. Sie krabbeln lautlos neben dir und völlig ahnungslos überraschen sie dich. Noch dazu hatte dieses Exemplar mindestens einen Durchmesser von sieben Zentimetern. Ihre acht Beine waren mit gelben Härchen übersät und darunter schimmerte es orange.

So eine Spinne hatte Bea noch nie gesehen. Sie sah aus wie ein Spielzeug oder ein Stofftier. Aber sie war eindeutig echt! Denn sie krabbelte in aller Seelenruhe an Bea vorbei, als wäre es das Normalste auf der Welt. Eine knallorangene Riesenspinne.

Nach einer Riesenschnecke jetzt eine Riesenspinne? Pfui! Bea rümpfte ihr Näschen.

»Unverschämtheit!«

»Wie? W-w-was? Wer?«, stotterte Bea. Sie hatte nun schon genügend sprechende Tiere gehört und müsste es mittlerweile gewohnt sein, aber jedes Mal war es eine neue Überraschung, vor allem jetzt gerade. Eine Spinne, die sprach? Bea blieb der Mund offen stehen.

Das Tierchen hielt inne, direkt vor Bea, und mehrere schwarze Knopfaugen musterten sie wie ein Röntgengerät. Sie winkelte ihre Beine ordentlich neben ihrem Körper an und drückte diesen etwas nach oben. Ihre Fangzähne spitzten heraus und Bea schluckte den Kloß im Hals herunter.

Sie räusperte sich, setzte sich auf und rückte kaum merklich zurück. »Sieh mich gefälligst nicht so angewidert an!«, schimpfte das Krabbeltier.

»Ich bin eine Calulalalla-Arachnobia, ein äußerst seltenes und wertvolles Exemplar.« Die Spinne positionierte sich wie ein Ausstellungsstück aus einem Museum.

»Oh … das tut mir leid, das wusste ich nicht«, sagte Bea und senkte leicht den Kopf, um ihre Demut zu zeigen. Dies war das fünfte Glückstier – so viel war gewiss – und Bea bemühte sich, es nicht zu verärgern. Schließlich musste die Spinne mit ihnen gehen. »Sie sind etwas Besonderes, das wusste ich sofort. Ich hab mich lediglich etwas erschreckt vor Ihrer stattlichen Größe, Frau Calula.«

»Nun gut, ich verzeihe dir, aber nur unter einer Bedingung«, sagte die Spinne und hob ein Beinchen. »Du musst mir einen deiner Träume erzählen.«

»Ähh … wie bitte?«

»Ja, ich will wissen, wovon du träumst, Mädchen.«

»Ich … äh … ganz normale Sachen halt, wovon alle so träumen!«, stotterte Bea.

»Papperlapapp! Alle träumen. Normale Sachen. So etwas meine ich nicht. Ich will wissen, was deine Wünsche und Ängste sind. Wonach sehnst du dich? wovon TRÄUMST du im symbolischen Sinn?«, sagte die Spinne.

Bea hatte schon lang nicht mehr über ihre Wünsche nachgedacht. Früher vielleicht, vor dem … Unglück. Aber daran konnte sie sich nicht mehr erinnern. Was sollte sie jetzt sagen? Ihr Kopf war völlig leergefegt. Aber sie brauchte die Spinne. Sie musste eine Antwort geben.

»Dass ich … äh, dass ich alle Glückstiere finde und pünktlich nach Hause komme und …" Jetzt wusste sie es. Sie sprach lauter: »Und dass alle zurück ins Dorf kommen und wir wieder glücklich werden. Vor allem meine Mutter. Und dass ich gesund werde.« Eine Träne rann Beas Wange herunter. In ihrem Kopf drehte sich alles.

Die Spinne senkte ihr Beinchen und nickte. »Hört, hört, das ist interessant. Und deine größte Angst?«

»Dass ich all das nicht schaffe und in der Dunkelheit gefangen bleibe. Das würde meiner Mutter eines Tages das Herz brechen, ich könnte sie verlieren. Das ist meine größte Angst, sie zu verlieren.« Bea starrte in die Leere. Sie konnte die Beklemmung noch deutlich spüren, das Gefühl, im Sumpf zu hocken und nicht herauskommen zu können.

»Und auch, dass das seltsame Ding nie mehr wieder verschwinden wird und meine Freunde verschollen bleiben.«

»Du musst dich dieser Angst stellen. Kannst du das?« Die Spinne wetzte ihre Zähnchen, das Geräusch ließ Bea aufhorchen.

»Wie soll das gehen? Die Angst geht nicht einfach so weg.« Bea spürte Verzweiflung aufkommen. Sie war ratlos und ihr Herz schlug schneller.

»Du musst kämpfen für das, was zu ändern ist und zugleich jenes akzeptieren, was geschieht und nicht mehr zu ändern ist. Du musst deiner Angst ins Gesicht blicken, ohne Furcht. Den Mut dazu hast du ja bereits, nicht wahr?«

Bea stellte sich ihre Angst als ein Monster vor, dem sie ins Gesicht blickte. Ja, sie hatte den Mut. Doch könnte sie es ertragen, wenn all ihre geliebten Menschen einfach weg wären? Sie versuchte es, aber es schien unmöglich. Und doch war die Angst davor irgendwie kleiner geworden, weniger unfassbar. Denn sie konnte es ändern, sie konnte dafür kämpfen, dass alle bei ihr blieben – für immer. Bea entspannte sich, atmete tief durch und war sich nun ganz sicher. Sie konnte ihre Angst besiegen.

»Kannst du mir sagen, wer die Raupe ist?«, platzte Bea heraus und biss sich sogleich auf die Lippe.

»Das wirst du schon noch erfahren. Du wirst es selbst herausfinden, wenn die Zeit gekommen ist. Die Raupe ist der Schlüssel zu allem.«

Beas Herz klopfte wie wild. Sie platzte gleich, wenn sie nicht sofort die Wahrheit erfahren würde. Aber sie riss sich zusammen und schwieg. Sie wollte es sich nicht verscherzen.

»Du hast nun deine Träume zurück. Weil du deiner Angst ins Gesicht blicken kannst. Jetzt geht die Reise weiter. Und ich komme mit euch«, sagte die Spinne. Sie strahlte im Sonnenlicht wie Feuer und Bea lächelte.

Ich kann es schaffen, dachte sie. *Mama, bald bin ich zu Hause. Fünf Tiere habe ich bereits. Fehlen nur noch zwei.*

Bea nahm eine Haarsträhne in die Hand und betrachtete sie. Sie färbte sich zu einem leuchtenden Orange. Da waren noch die rosarote, die blaue, grüne und silberfarbene. Fünf Stück – fünf Tiere. Bea fühlte sich wie ein Luftballon, der kurz davor war, in den Himmel zu steigen und zu fliegen, wohin der Wind ihn auch trüge. Sie schloss die Augen – und träumte.

Nun waren sie zu sechst: Spinne, Ferkel, Frosch, Grille, Bea und das Kaninchen. Sie gingen weiter den Weg entlang und folgten ihren Herzen, wie die Raupe es gesagt hatte.

Die Fliegen

Noch zwei Tiere, dann können wir nach Hause«, jubelte Bea. Wie ein Welpe sprang sie den Trampelpfad zwischen den zwei Kornfeldern entlang. Die Vorfreude kitzelte in ihrer Brust wie die Sträucher und Gräser an ihren Beinen. Bea pflückte eins davon ab und streichelte dem Kaninchen damit über das Näschen.

Es nieste und sprang zur Seite.

Bea versuchte, ihre Energie zu zähmen und wieder einzufangen, als wäre sie ein Schmetterling, der ihr immer wieder entwischte. Wie unglaublich schön dieses Gefühl doch war. Sie hüpfte auf der Stelle und die Haare klebten ihr im Gesicht. Kichernd prustete sie die Strähnen zur Seite und wankte ins Kornfeld hinein. Ein leises Rauschen empfing sie wie einen Gast. Augenblicklich kehrte Ruhe in ihre Glieder. Auch die Gedanken flüsterten nurmehr.

Die Ähren bewegten sich, als würden sie tanzen, und ein heller Streifen schlug Wellen, da wo der Wind die Spitzen berührte.

Es war so ergreifend und Beas Herz rauschte mit dem Wind. Im Gleichklang der Natur. Die Stille war gerade wie Musik. Die Geräusche der Elemente.

Das Rauschen des Wassers und des Windes – das Surren der Sonne und das Brummen der Erde. Ein Quartett der Sinne.

»Du wirst dich noch gedulden müssen«, sagte das Kaninchen, das neben Bea aufgetaucht war und sie mit diesen Worten aus ihrem Tagtraum herausriss wie eine Blume aus der Erde. Bea zuckte zusammen.

»Es ist noch immer ein beschwerlicher Weg und es kommt noch einiges auf dich zu«, fuhr das Kaninchen fort, hüpfte auf Beas Arm, den sie ihm reichte, und blickte in dieselbe Richtung wie Bea. Über das tanzende Feld.

Bea hörte nur halbherzig zu, denn ihre Gedanken gingen auf Wanderschaft. Sie sah das Gesicht ihrer Mutter vor sich, wie sie strahlen würde, wenn Bea plötzlich vor ihr stünde. Ihre Augen würden leuchten wie die Sonne am Himmel.

»Nun komm, gehen wir weiter«, drängte das Kaninchen und Bea folgte ihm zurück auf den Weg. Sie senkte ihren Blick, als sie weiterliefen, und kickte einen Stein vor ihren Füßen weg.

»Quiek! Pass doch auf«, kam es vom Ferkelchen, das empört die Nase rümpfte.

»Entschuldigung!« Bea fiel in sich zusammen und trottete hinter ihren Freunden her wie ein Prügelknabe.

Die Gruppe war zu einer Meute geworden. Die Grille zirpte irgendwo im Korn, die Spinne saß auf Beas Rucksack, obwohl diese sich noch immer ein klein wenig ekelte, aber das behielt sie für sich. Der Frosch hatte es sich auf dem Rücken des Ferkelchens bequem gemacht.

Eine seltsame Gesellschaft. So bunt und verschiedenartig wie die Blumen auf der Wiese. »Was meinst du damit, gedulden müssen?«, sagte Bea zum Kaninchen gewandt.

Die Worte waren ihr gerade wieder im Ohr erklungen. Sie blieb stehen und stemmte die Hände in die Hüften.

»Wir müssen mit der Rückkehr warten, bis Vollmond ist, so hat es die Raupe gesagt. Auch, wenn wir die letzten beiden Tiere gefunden haben.«

»Quatsch! So ein Blödsinn! Wenn wir alle haben, gehen wir heim, wieso auch nicht? Was hat das mit dem Mond zu tun?« Bea spürte ein Kribbeln im Hals und in der Brust. Ihre Geduld war bald am Ende. »Wann ist denn Vollmond?«

»Erst in vier Tagen. Ich schlage vor, wir machen einen Tag Pause, an einem gemütlichen Fleckchen. Das haben wir uns redlich verdient, oder etwa nicht?« Das Kaninchen blickte Bea aus schmalen Augen heraus an.

»Wenn du meinst!«, grummelte sie und schluckte den Brocken, der ihr im Halse steckte, widerwillig herunter. Am liebsten hätte sie ihn ausgespuckt und rausgeschrien wie einen Klumpen Dreck.

Was war nur los mit ihr? In ihr brodelte ein Vulkan. Schärfer als gedacht, schoss Bea einen Stein ins Feld und verschränkte ihre Hände hinter dem Rücken. Nun war ihr nicht mehr zum Hüpfen und Tanzen, Singen und Jubeln zumute. Sie schmollte.

Das Kaninchen wählte ein Lager aus und Bea war insgeheim froh um die Hartnäckigkeit ihres Freundes. Sie wollte heim, keine Frage, aber eine Pause hatte sie ebenso nötig.

Ihr Kopf dröhnte von der Schnecke, dem Falter, der Schlange und der Krähe – diese Gestalten mussten unbedingt da raus.

Das Plätzchen lag abseits des Weges, nahe dem Bach, am Rande eines Mohnfeldes. Bea setzte sich ins Gras. Sie blickte in die Ferne und fühlte sich wie in einem Gemälde.

Die roten Kleckse der Blumen zauberten Wärme in ihr Herz, der Himmel hob sich strahlend blau ab und Blüten und Pollen tanzten durch die warme Frühlingsluft wie Feen. Die Amseln trällerten, die Grillen zirpten und der Bach plätscherte. Bea roch feuchte Erde und den Duft der Freiheit. Sie sog ihn tief in ihre Lungen hinein, als hätte sie nie zuvor richtig geatmet.

Trotz des Paradieses rundherum zündelte ein Flämmchen Ärger in ihrer Brust. Ihre Mutter wartete, sorgte sich und hatte Kummer. Das spürte Bea und es ließ sie nicht ruhen. Zweifel keimte und die Ungeduld knabberte an ihren Nerven.

Das Kaninchen jedoch knabberte seelenruhig an einem Löwenzahn herum. Bea runzelte die Stirn. Alle waren beschäftig, keinen von ihnen plagten Sorgen, nur sie hatte Kummer und Not.

Bea blickte auf ihre Hände herab und plötzlich verlor sie die Kontrolle über ihre Gefühle. Alles floss ungehindert hinaus und die Dunkelheit nahm Besitz von ihr.

Dann kamen die Fliegen.

Sie waren überall. Auf ihren Haaren, ihren Händen, ihrem Kleid, hüllten sie ein wie ein lebendes Gefängnis.

Es summte und brummte um sie herum und Bea schüttelte sich vor Ekel. Widerliches Ungeziefer, warum half ihr denn niemand? Gerade war doch noch das Ferkel neben ihr gesessen und hatte sie mit großen Augen angeguckt.

Beas Herz schlug wie eine Axt gegen ihre Brust. Sie hatte Schmerzen und das Feuer brannte in ihrem Körper. Sie schlug um sich wie eine Furie, presste die Lippen und Augen zusammen und schrie, aber kein Ton war zu hören – außer das Gebrumme der Fliegen.

Sie waren zu einer schwarzen, lebendigen Wolke geworden, die Bea einhüllte. Blöde Freunde! Wo waren sie, wenn man sie brauchte? Bea kochte vor Zorn.

Sie wurde zum Vulkan, kurz davor, Lava zu spucken. Die Zahlen, sie brauchte ihre Zahlen. Wo waren sie? Bea sah nur Punkte um sich herum, keine beruhigende Zahl weit und breit.

Plötzlich kitzelte sie etwas an ihren nackten Zehen. Bea dachte, es wäre eine der Fliegen, doch sie täuschte sich. Wie ein Lauffeuer krabbelte etwas Orangenes ihre Beine hoch, bis auf ihre angewinkelten Knie.

Die Spinne.

Bea hielt den Atem an. Sie konnte nichts sagen, aber sie lächelte vor Erleichterung. Die Spinne blickte ihr tief in die Augen und ihre gelben Härchen standen elektrisiert in die Höhe, als würden sie Signale aussenden.

Die Fliegen verstummten.

Beas Finger tasteten in Richtung der Spinne und berührten sie sachte. Da sah sie etwas Grünes an ihrer Hand leuchten. Der Ring. An den hatte sie ja gar nicht mehr gedacht.

»Du darfst niemals zweifeln!«, hörte Bea die Stimme der Raupe.

Plötzlich schämte sie sich für den Verlust ihrer Kontrolle und die schlechten Gedanken. Wie konnte sie nur zweifeln, jetzt, wo sie schon so weit gekommen waren? Sie und ihre Freunde. Keiner von ihnen beschwerte sich oder jammerte wie ein kleines Kind. Das Kaninchen war ihr von Anfang an treu.

Bea spürte die Hitze der Wut nun der Scham weichen. Ihre Wangen glühten und sie senkte den Blick.

Die Spinne krabbelte auf Beas Arm und hinterließ Wärme. Bea entspannte sich und seufzte.

Vor Erschöpfung ließ sie sich rückwärts ins Feld sinken. Die Mohnblumen schlugen über ihr zusammen und das Sonnenlicht schimmerte leuchtend rot hindurch.

Bea blickte hinauf.

Die Wolken hatte sich aufgelöst – die Fliegen waren verschwunden.

Der Käfer

Als Bea erwachte, stand die Sonne bereits tief hinter dem Mohn. Nun leuchteten die Blütenblätter tiefrot und Bea konnte kaum den Blick davon abwenden, so wunderschön sah das Feld aus. Sie zupfte sich eine Blume ab und betrachtete sie wie einen Goldschatz.

Dann rappelte sie sich auf und spürte jeden einzelnen ihrer Knochen. Wie lang hatte sie geschlafen und wieso war sie von niemandem geweckt worden? Es war so still, waren die Tiere ohne sie weitergezogen? Kein Wunder, so undankbar wie sie gewesen war. Noch immer steckte die Scham in ihrem Herz wie ein Stachel in ihrem Fuß. Wie hatte sie nur so zum Vulkan mutieren können?

Die Spinne war von ihrem Arm verschwunden.

Auch sonst konnte sie niemanden im Mohnfeld sehen. Aber jetzt vernahm sie gedämpfte Geräusche. Zirpen, Grunzen, Quaken und das Gebrabbel des Kaninchens. Ein Glück!

Bea drehte sich um, da schlängelte sich der Weg entlang und der Bach plätscherte munter dahin, doch auch dort war niemand. Sie mussten unten am Ufer des Baches sein. Da war eine kleine Böschung, die Bea nicht vollkommen überblicken konnte. Sie erhob sich und spähte hinab zum Bach. Und tatsächlich, dort unten im Wasser waren sie.

Bea spürte Freude und es kribbelte in ihrem Bauch. Ihre Glückstiere hatten sie nicht im Stich gelassen, wie hatte sie nur daran zweifeln können? Vorsichtig rutschte sie auf dem Hosenboden den Hang hinunter und die Tiere blickten zu ihr auf.

»Fräulein hat sich erholt?«, feixte das Kaninchen.

»Sie hatte es dringend nötig, kleines Dingelchen«, zirpte die Grille und der Frosch quakte laut zur Bestätigung.

»Ähh … Entschuldigung, ich …«, stammelte Bea und legte ihren Kopf schief. Die Spinne warf ihr einen vielsagenden Blick zu und Bea hob die Schultern. Dann seufzte sie – was sollte sie auch dazu sagen? – hockte sich an den Rand des Ufers und ließ ihre Füße ins kühle Nass gleiten.

Die Kälte schmerzte einen kurzen Moment, doch dann erfrischte das Wasser Beas müde Beine. Sie spielte mit dem Kies darin und fragte: »Wie ist der Plan?«

»Wir bleiben bis morgen früh, Kindchen, dann geht es weiter!«, sagte das Kaninchen.

Das Ferkel grunzte. »Hast du was Leckeres zu essen in deinem Säckchen?«, fragte es Bea.

Bea lachte und streichelte das glatte, seidige Fell des Schweinchens. »Mein Rucksack wird niemals leer!«

***

Am nächsten Morgen erwachte Bea und fühlte sich wie neugeboren. Sie streckte sich, ließ ihren Blick über das Blütenmeer wandern. Die Sonne begrüßte den Tag mit einem Lächeln, das von Ost nach West reichte und von der Erde bis zu den Wolken.

Über Bea glitt ein Falke wie ein Drache durch die Lüfte und stieß den Ruf der Freiheit in die weite Welt hinaus. Bea würde gern mit ihm durch den Himmel segeln und die Erde von oben sehen. *Was muss das nur für ein Gefühl sein?*, dachte sie und träumte mit offenen Augen.

Ja, sie konnte wieder träumen und es brachte ihr die Farben des Lebens zurück, die sie verloren hatte. Die Träume, die sie jetzt bereicherten, waren bunt und voller Mut. Sie musste nicht länger in ihrem dunklen Sumpf hocken und mit Albträumen kämpfen. Ob sie die Farben mit zurück nach Nirval würde nehmen können? Ihre Brust schnürte sich zusammen, als sie das Gesicht ihrer Mutter vor sich sah. Bea musste kämpfen, für dieses Lächeln.

Nur noch zwei Tiere, dachte Bea. Da spürte sie etwas an ihrem Arm. Sie zuckte und blickte zu der Stelle. Die Spinne.

»Danke dir für deine Hilfe mit den Fliegen«, sagte Bea und lächelte.

»Selbstverständlich«, entgegnete die Spinne und Bea bewunderte ihr Farbenspiel, das dem des Mohnes und der Sonne ähnelte. Noch nie hatte sie eine Spinne gesehen, die so faszinierend war. Wie ein Kunstwerk.

»Wie hast du es bemerkt? Warum nicht die anderen?«, fragte Bea.

»Ich habe keine Fliegen gesehen, das muss in deiner eigenen Welt gewesen sein, die wir nicht sehen können. Aber meine feinen Härchen haben bemerkt, dass du Hilfe brauchst. Ich habe gespürt, dass du in einem Albtraum steckst – als Hüterin der Träume hat man da ein Feingefühl«, antwortete sie und zwinkerte Bea zu.

»Ah-ha!«, staunte Bea. »Das leuchtet ein.« Sie tauchte in ihre Gedanken. Dann hatten ihre Freunde wohl von keinem der Unglückstiere etwas mitbekommen! Weder von den Nachtfaltern noch von der Schnecke oder der Schlange. Nur bei der Krähe hatte ihr das Kaninchen geholfen.

Bea sah zu ihrem treuen Freund hinüber, der schon wieder Löwenzahn verspeiste. Sie lächelte und das Gefühl der Freundschaft rann wie Honig durch ihren Körper. »Danke!«, sagte Bea noch einmal. Mehr zum Kaninchen, doch es war zu weit weg, um das Wort zu hören.

»Weißt du etwas über die Raupe?«, fragte Bea die Spinne. Vielleicht verriet ja sie irgendetwas. Bea musste es endlich erfahren.

»Natürlich! Wir alle wissen über alles Bescheid!«, antwortete sie und verspeiste gerade eine Mücke, die sich vor ihre Beißerchen verirrt hatte.

Beas Herz schlug schneller. *Wieso wissen alle alles, nur ich nicht?*, dachte sie. Sie setzte sich kerzengerade ins Gras und durchbohrte die Spinne mit ihrem Blick. Sie musste jetzt erfahren, was hier los war. Sofort. Woher kam die Raupe? Wer war sie und was hatte das alles für eine Bedeutung? »Bitte! Sag es mir!«, flehte Bea die Spinne an.

»Es dauert nicht mehr lange. Schon morgen wirst du es selbst erfahren«, sagte sie und schmatzte dabei. Die Mücke schien ihr zu schmecken.

»Was ist hier schon wieder los, Kindchen?«, tönte es plötzlich hinter Bea. Sie fuhr herum und blickte direkt in das strenge Gesicht des Kaninchens. »Ich hab doch gesagt, es ist geheim und gefährdet deine Mission. Sei nicht so stur und so schrecklich neugierig, mein Kind!«, tadelte es.

Bea blickte schuldbewusst zu Boden und murmelte eine Entschuldigung. *Mist aber auch!* Das Kaninchen war einfach immer zur Stelle. Bea hatte keine Chance. Sie gab fürs Erste auf und hoffte, der Tag würde schnell vorübergehen. Sie war überfordert, ihr Kopf schwirrte, als wären noch ein paar Fliegen dort drin. Zu viele Gefühle und Erinnerungen, die immer häufiger hochschwappten wie Schluckauf. Die Unglückstiere. Die Ängste vor dem unbekannten Ding. Die Sehnsucht nach ihrer Mutter, die so stark war wie ein unsichtbarer Magnet.

Irgendetwas stimmte zu Hause nicht, das wusste Bea so sicher, wie dass nach einer Nacht der Morgen begann. Mit jedem Tag nahm die Kraft dieses Magneten auf dem Berggipfel zu. Sie musste zurück zu ihrer Mutter, sie umarmen, in ihre Augen blicken, die alles bedeuteten. Mehr als Himmel und Erde zusammen. Was war es nur, was Bea so sehr beunruhigte? War ihre Mutter krank, brauchte sie Hilfe? Oder vielleicht Großmutter?

»Jetzt stärkt euch alle nochmal, dann gehen wir weiter!«, durchbrach das Kaninchen Beas Gedankenkarussell und stopfte sich grinsend eine Löwenzahn-Blüte ins Maul.

Bea wollte gerade ihren Rucksack hervorziehen, da sah sie etwas Glänzendes im Gras. Bea hielt in der Bewegung inne und schob behutsam die Gräser und Blumen zur Seite. Da lag ein faustgroßer, blauer Stein in der Wiese. Wo kam der denn plötzlich her? Der war gerade eben noch nicht dort gewesen, da war Bea sich vollkommen sicher.

Sie streichelte mit dem Finger darüber. Er fühlte sich glatt und kalt an. Ein Stein eben. Die Farbe aber war außergewöhnlich. Wie ein Diamant brach er das Licht in ein Kaleidoskop und funkelte in sämtliche Richtungen. Bea traute ihren Augen kaum.

Er sah sehr wertvoll aus und sie hob ihn vorsichtig hoch. Vor Schreck ließ sie ihn sogleich wieder ins weiche Gras fallen, denn der Stein … er hatte Beine. Eine ganze Menge Beine. Er rappelte sich hoch und krabbelte in Beas Richtung. Vor ihren Knien, auf denen sie hockte, machte er halt. »Ungehobeltes Weib!«, schimpfte er. »Wie kannst du es wagen …?« Ein Schwall an Schimpfwörtern ergoss sich über Bea.

Sie verstand die Welt nicht mehr. Aber es war doch ein Stein, oder etwa nicht? Bea betrachtete das schimpfende Etwas genauer. Sie beugte sich vor und dann erkannte sie das Ding. Es war ein Käfer. Ein besonders großer und wunderschöner Käfer und genau das sagte sie ihm.

Nach vielen Komplimenten und Entschuldigungen beruhigte sich das Tierchen schließlich. Er unterhielt sich mit Bea, als wäre dies das Normalste auf der Welt. Warum auch nicht? Viele Steine waren sprechende Käfer, oder etwa nicht?

Bea konnte nun, nach so vielen wundersamen Begegnungen, nichts mehr aus der Bahn schmeißen. Sie nahm es hin, wie die Tatsache, dass sie hier scheinbar in einem verrückten Traum feststeckte – einem ausgesprochen realistischen Traum.

»So, liebes Kind, ich habe eine nicht allzu schwere Aufgabe für dich. Pass gut auf! Ich will, dass du dir nun etwas Wunderschönes vorstellst!«, befahl der Käfer.

»Wie meinst du das?«, fragte Bea. Sie hatte keine Ahnung, was das Tierchen von ihr wollte. War er das sechste und somit vorletzte Glückstier? Bea hoffte es sehr und musste sich jetzt unbedingt konzentrieren. Sie musste eine Prüfung bestehen.

»Stell dir etwas Schönes vor!«, wiederholte der Käfer.

Er hatte sich aufgerichtet und zwei seiner vielen Beinchen verschränkt – oder Ärmchen oder was auch immer. Er guckte Bea mit Augen wie Wasserperlen an. Bea konnte gar keinen klaren Gedanken fassen.

»Äh … in Ordnung, ich versuch's«, stotterte Bea und dachte an eine schöne Blume. Eine rote Rose, in voller Blüte, und mit spitzen Dornen. Sie sah sie direkt vor sich. Und was jetzt? Was sollte das bringen? Bea zuckte mit den Schultern und knirschte mit ihren Zähnen.

»Etwas anderes!«, forderte der Käfer.

»Gut … ich versuche es.« Bea dachte an Nirval. An die kleinen Holzhütten. Die Holzzäune drumherum. Die Geranien auf den Balkonen, aber das Bild verschwamm immer wieder. Bea konnte die Erinnerungen nicht festhalten. Sie entglitten ihr und rannen durch ihr Gedächtnis, wie Wasser durch ihre Finger. Tränen traten ihr in die Augen. »Ich schaff es nicht!«, wimmerte sie.

»Papperlapapp! Natürlich schaffst du es«, sagte der Käfer. »Stell dir eine von dir erfundene Welt vor. Versuche zu träumen, jetzt auf der Stelle. Such dir irgendwas aus. Alles ist möglich!«

Bea atmete tief durch und schloss ihre Augen. Sie spürte die Wärme der Sonnenstrahlen auf ihrem Kopf. Dann ließ sie einfach los. Sie baute sich in Gedanken einen Traum. Wartete auf die Bilder und hielt diese fest. Da waren Schmetterlinge in den schönsten Farben. Dann kamen Kinder. Unzählige Kinder. Mädchen mit Blumenkränzen, Sommerkleidern und bunten Bändern in den Händen. Sie lachten, tanzten und sangen.

Die Blumen wuchsen über ihre Köpfe wie im tiefsten Urwald. Exotische Tiere streiften umher: Chamäleons, Affen, Paradiesvögel, Tiger und Krokodile.

Dann war da plötzlich ein riesiger See und Bea schwamm darin. Neben ihr eine lange Wasserschlange. Doch sie tat ihr nichts. Plötzlich stand Bea auf einem hohen Berg und blickte in die Tiefe. Wolken zogen vorbei und Bea konnte den Schnee riechen. Sie breitete ihre Arme aus – und flog.

Sie flog über das große, weite Meer. Winkte den Schiffen unter ihr zu. Sie flog dicht über der Wasseroberfläche, wo sie auf Delfinen ritt und einem Hai zurief. Dann flog sie wieder in die Luft und schloss sich den Wildgänsen an, begleitete sie nach Afrika, wo Bea Giraffen erblickte und einen brüllenden Löwen.

Sie flog und flog und flog und explodierte vor Lebensfreude und Energie.

Ihre Reise war kein Traum. Sie schlief nicht. Sie stand hier neben dem Käfer und stellte es sich einfach vor. In ihrer Fantasie. Sie hatte ihre Fantasie zurück, die sie vor vielen Jahren verloren hatte. Bea staunte und dann lachte sie aus vollem Herzen. Sie konnte wieder singen und tanzen. Hatte ihren Glauben und ihren Mut zurückerhalten. Und nun auch noch ihre Träume und die Fantasie. Sie war steinreich.

»Nun komm, Mädchen! Alle anderen warten schon. Wir gehen weiter«, schnarrte der Käfer.

Bea stand inmitten ihrer überquellenden Fantasie. Wusste nicht wohin damit. All die Bilder schwammen um sie herum wie Fische unter Wasser. Sie fühlte sich, als würden Blumen aus jeder Pore wachsen und das Sonnenlicht erhellte die Grashalme, als leuchteten sie von innen heraus.

Den Käfer schien das kaltzulassen, er beachtete Bea nicht weiter und setzte sich in Bewegung, doch auch sein Panzer funkelte wie der Vollmond in der Nacht.

Bea fiel eine Haarsträhne vor die Augen. Sie war violett, schimmerte wie der Panzer des Käfers. Beas Haare wurden immer bunter so wie ihre Seele. Das Leben kehrte langsam, aber sicher zurück. Nur noch ein Tier fehlte. Nur noch eine verlorene Fähigkeit: Ihre Erinnerung.

Sie gingen weiter den Weg entlang. Dort, wo das Herz sie hinführte, wie es die Raupe gesagt hatte. Die Freunde waren jetzt zu siebt. Bald wären sie acht und Beas Mission würde erfüllt sein.

Doch die größte aller Prüfungen sollte ihr noch bevorstehen.

Die goldene Katze

Hier machen wir Pause!«, rief das Kaninchen und die Herde bunt gemischter Lebewesen blieb stehen. Wie ein lebendiger Regenbogen krabbelte, hüpfte, quakte, zirpte und grunzte es. Bea strahlte wie die Sonne und würde am liebsten alle ihre Tiere in die Arme schließen. Doch bei diesem Durcheinander schien das unmöglich.

Der Bach, der sie immer noch begleitete, eröffnete an dieser Stelle ein wahres Paradies. Das Wasser war flach und von Steinen durchbrochen. Die Sonnenstrahlen tanzten auf der Oberfläche und Wasserläufer zauberten zahllose Kreise darauf. Das Ufer säumten Brennnessel, Margeriten und weißer Holunder. Der Duft kroch Bea in die Nase, als würde sie diese zu tief in ein Parfümfläschchen stecken.

Sie atmete durch und ließ sich ins hohe Gras sinken. Die Wolken am Himmel schienen bis in ihren Kopf zu ziehen, alles wurde weich und warm, ihre Gedanken waren Zuckerwatte. Sie hatte es tatsächlich geschafft! Sechs Glückstiere und das siebte wäre nurmehr ein Klacks.

Bea hatte mit ihren innersten Zweifeln und Ängsten gekämpft und war als Siegerin hervorgegangen. Das war wie Schnee im Sommer. Unvorstellbar.

Noch vor wenigen Tagen war sie eine lebende Tote gewesen. Gefangen im Nebel, ein Sumpfmonster.

Sie schüttelte den Kopf, schloss die Augen und lauschte den Geräuschen ihrer Freunde. Das Leben um sie herum war Balsam für ihre Seele. Besser als jede Medizin.

Das Plätschern des Baches, das Rauschen des Windes und das Klopfen eines Spechtes drangen zu ihr hinüber. Welches würde nun das letzte Glückstier sein? Ein Reh, Fuchs oder Marder? Bea ging in Gedanken sämtliche Tiere durch, bis sie langsam, aber sicher die Müdigkeit mit fortriss.

***

»Unser Mädchen träumt mal wieder.«

»Typisch Mensch, faules Pack!«

»Wie lang sollen wir ihr noch zuschauen?«

»Ich find sie furchtbar niedlich, tapferes Mädchen.«

»Mir wird allmählich langweilig, weckt sie auf!«

»Ich krabbele ihr über die nackten Füße, in Ordnung?«

Bea spürte etwas Weiches auf ihrem Zeh und riss vor Schreck die Augen auf. Ihr Herz raste, als wolle es aus ihrer Brust herausspringen. Ihre Arme und Beine zitterten wie unter Strom und in ihrem Kopf knisterte der Rest ihres Traumes wie Glut. Sie wusste für einen kurzen Moment nicht, wer oder wo sie war.

Auf ihrem Zeh saß eine überdimensionale Spinne. Daneben ein Käfer, der glänzte wie ein Juwel. Dahinter eine Grille mit einer Geige, ein rosarotes Schweinchen, ein grasgrüner Frosch und ein weißes Kaninchen. Große, schwarze Augen blicken Bea an, als warteten sie auf eine Reaktion. Doch Bea konnte nur lächeln.

»Wir müssen hier in den Wald hinein!«, befahl das Kaninchen. »Woher weißt du das so genau?«, fragte Bea und duckte sich unter den Ästen und Sträuchern hindurch. Im Wald waren die Geräusche gedämpft, das Vogelgezwitscher jedoch hallte über ihren Köpfen hinweg, als trüge der Wind die Klänge spazieren.

Bea blickte zu den Baumwipfeln hoch, die sanft in der Brise schaukelten, als wären es Wiegen für Vogelbabys. Der blaue Himmel blitzte hindurch und Bea konnte kaum den Blick abwenden, so schön sah es aus. Nur einmal dort oben sein, dachte sie. Nur einmal fern von der Erde und all den Sorgen. Zwischen Planeten und Sternen schweben.

»Frag nicht so viel. Schon bald werden sich all deine Fragen von selbst beantworten«, sagte das Kaninchen und sah Bea an, als hätte es Mitleid, oder war es sogar so etwas wie – Trauer? Bea fröstelte unter diesem Blick und starrte weiter in die Baumkronen. Dort war alles friedlich.

Bea wurde von den Bäumen so in den Bann gezogen, dass sie einige Meter zurückblieb. Die Geräusche der Gruppe waren nur noch entfernt zu vernehmen. Bea genoss die Stille. Nur das Trällern einiger Vögel hallte durch den Wald. Sie blieb stehen, blickte sich um und setzte sich auf einen Stein.

Die anderen würden schon irgendwo auf sie warten. Bea beschlich ein seltsames Gefühl. Da war irgendwas, das sie aufhielt. Sie wusste, jemand oder etwas käme hierher. Doch was? Sie könnte jetzt einfach den anderen folgen, ohne nachzudenken, aber es schien, als hätte sie selbst Wurzeln geschlagen. Sie musste warten, es gab keinen Ausweg. Bea hielt den Atem an. Da war irgendetwas hinter dem Felsen.

Wie festgewachsen saß sie auf dem Stein. Ihre Hände fühlten die Kälte und die raue Oberfläche. Sie tastete, bis sie Moos unter ihren Fingern spürte, und kratzte daran herum. Hinter dem grauen Felsen vor ihr schälte sich eine schwarze Gestalt heraus. Als hätte der Stein selbst diese Form hervorgebracht. Zuerst wie ein Schatten, dann ein Körper. Bea konzentrierte sich, saß still zwischen all den Bäumen.

Zwei grüne Augen starrten sie an. Ein Raubtier, eine Katze – eine goldfarbene, sehr große Katze kam auf Bea zu. Ihre Schulterknochen hoben sich bei jedem Schritt über dem wie Seide schimmernden Fell hervor. Sie schlich, nein, sie pirschte sich an Bea heran, als wäre sie eine Maus. Bea war wie festgewachsen, sie wagte nicht zu atmen.

Die Pfoten der Katze schienen den Waldboden, mit all seinen trockenen Blättern, gar nicht zu berühren. Bea hörte kein Geräusch. Nicht die Stimmen ihrer Freunde und nicht einmal mehr das Gezwitscher der Vögel über ihrem Kopf. Es war totenstill. Nur ihr Herzschlag dröhnte in ihren Ohren.

Dies konnte kein Glückstier sein. Auch wenn es wunderschön aussah. Wie diese ägyptische Tiergöttin – elegant, mystisch und wertvoll. Doch Bea wusste es einfach. Sie fühlte sich, als würde etwas an ihr ziehen. Der Druck auf ihren Körper war kaum zu ertragen und auch die Gedanken hingen fest wie zähflüssiger Teer. Alles lahmte in ihrem Inneren. Das Herz setzte für mehrere Augenblicke aus. Es roch nach modrigen Pflanzen. Bea beobachtete das Unglückstier und war auf alles gefasst.

»Warum bist du allein, Kindchen?«, zischte die Katze und ihre Augen funkelten. Es war ein Spiel, ein Katz-und-Maus-Spiel.

Bea brachte keinen Ton heraus. Ihre Kehle war trocken wie das alte Herbstlaub unter ihren Füßen.

»Armes kleines Kind! Hast du denn keine Mama? Und keinen Papa?«

Bea blieb die Luft weg. Ihre Brust verknotete sich zu einem Klumpen. Der drückte so sehr auf ihr Herz, dass es zersprang und wie Nadeln in ihren Bauch stach. Bea krümmte sich und wimmerte. Was war nur los? Was tat dieses Tier mit ihr? Bea verstand nicht, warum sie die Kontrolle verlor. Die Worte der Katze hatten nichts zu bedeuten. Weshalb lösten sie solche Schmerzen aus?

Sie blickte auf und die grünen Augen starrten wie eine Statue zu ihr hinüber. Das Tier hatte sich hingesetzt und bewegte sich nicht. Nur ihr Schwanz peitschte von einer auf die andere Seite. Es reckte sein Kinn nach oben und fixierte Bea. »Du hast niemanden mehr, mein Kind! Für immer allein und verlassen, niemand schert sich um dich, es ist hoffnungslos. Gib auf und folge lieber mir«, schnurrte das Raubtier.

Bea wusste nicht, wieso, aber die Worte entsprachen der Wahrheit! Ihre innere Stimme gab der Katze recht. Bea hatte keine Kraft mehr, die Wahrheit zu ignorieren, sie wurde immer stärker und stärker. Immer lauter und lauter. Bea versuchte, zu zählen. Wo waren ihre Zahlen nur geblieben? Nichts geschah, niemand half ihr. Bea bewegte sich nicht und trotzdem erhob sie sich von dem Stein und folgte der Katze in die ewige Dunkelheit.

***

Beas Finger brannte, sie fühlte den Ring. Aber sie konnte nichts sehen. Es war dunkel und still. Nur ihr Kopf dröhnte. Wo war sie? Was geschah hier? Sie blickte an sich hinunter, sie stand immer noch im Wald. Doch Bea sah alles wie durch einen grauen Schleier. Als hätte sie jemand oder etwas eingehüllt. Es kostete sie viel Überwindung, den Arm zu heben und den Ring zu suchen. Sie fand ihn nicht.

Als Bea sich auf ihre Knie sinken ließ, tauchte etwas vor ihr auf. Da, direkt vor ihr, schimmerte etwas Grünes zwischen dem Laub hervor. Behutsam tastete sie die Stelle ab, entfernte die Blätter und beugte sich noch weiter vor. Sie konnte kaum glauben, was dort zum Vorschein kam. Die Raupe! Bea konnte nichts fühlen, überall herrschte Dunkelheit, doch eine kleine, klitzekleine Flamme der Hoffnung loderte in ihr auf.

»Bea, mein Kind!«, sagte die Raupe. Ihre Augen waren voll Kummer.

Bea schwieg. Sie konnte nichts sagen. Alles in ihr war gelähmt. Nicht mal schreien oder weinen konnte sie. Sie war gefangen, in sich selbst.

»Du musst jetzt stark sein. Du hast es fast geschafft. Lass los. Du musst loslassen. Denk an mich, denk an die anderen Glückstiere. Sie sind alle bei dir, auch wenn du sie nicht siehst.«

Wie soll das gehen? Bea konnte nichts tun. Sie hatte nichts mehr – keine Kraft, keinen Willen und keinen Mut. Nichts. Sie hatte versagt, sie war der Katze in die Dunkelheit gefolgt.

»Lass alles los! Der Schmerz gehört zu dir. Kämpfe nicht dagegen an. Ertrage ihn. Ertrage die Realität. Lass es sein. Ich bin bei dir, mein Kind!«

Die letzten Worte der Raupe lösten etwas in Bea aus. Der Damm brach und ein Wasserfall überschwemmte sie. Der Schmerz war so stark, dass sie schreien musste. Sie schrie, tobte und hämmerte mit ihren Fäusten auf den Waldboden, wälzte sich von einer auf die andere Seite. Es zerriss sie innerlich. Würde sie jetzt sterben?

Bea blickte in den Himmel, da ebbte der Schmerz plötzlich ab. Und dann ließ sie los. Der graue Schleier verschwand und plötzlich saß ein Mädchen auf dem Stein, da wo Bea vorhin gesessen hatte. Was hatte das zu bedeuten?

Sie saß nur da und lächelte. Irgendwoher kannte Bea das Mädchen. Sie war sich sicher, dass sie sie schon einmal gesehen hatte. Doch ihre Erinnerung war zu schwach. Sie hatte schwarze Haare wie Bea selbst. Ein hübsches Kind mit einem Sommerkleid. Ihre Wangen glänzten rosa und die schwarzen Augen schimmerten voll Lebensfreude. Woher kannte Bea sie nur?

Gerade wollte sie etwas sagen, doch das Mädchen kam ihr zuvor. »Du hast einen so wunderschönen Ring!«, sagte sie und deutete auf Beas Finger.

»Äh … ja, er ist magisch, ein Zauberring sozusagen«, stammelte Bea und streckte ihn zu ihr.

Das Mädchen erhob sich. Ihre Haare wehten ihr ins Gesicht und sie strich sie sich hinters Ohr. Sie trug grüne Ohrringe, in Form eines Kleeblattes. Bea durchzuckte eine Erinnerung, doch sie konnte sie nicht festhalten. »Schenkst du mir den Ring?«, fragte das Mädchen und lächelte. Ihre Augen ruhten auf Bea, sie waren ihr seltsam vertraut. Wer war sie nur? Bea grübelte und rang nach einer Antwort.

»Ich habe ihn geschenkt bekommen ... ich weiß nicht, ob ... äh!«, stotterte sie.

Doch ihr Gefühl sagte ihr: »Lass los!«, und so strich Bea sich den Ring vom Finger und legte ihn in die offene Handfläche des Mädchens.

»Danke!« Sie lächelte Bea noch einmal an und sah ihr tief in die Augen, als würde sie bis in ihr Herz hinabblicken. Bea durchfuhr ein Blitz und sie schauderte. Das Mädchen strich ihr übers Haar und flüsterte: »Du hast es geschafft, Bea! Du hast die letzte Prüfung bestanden. Nun geh und such deine Freunde. Das letzte Glückstier wartet bereits auf dich und es wird dir deine Erinnerung zurückbringen!«

Die Glückskatze

Bea lief den Waldweg entlang. Ihre Beine fühlten sich an, als würden Ameisen darüber laufen. Wer war dieses Mädchen? Beas Kopf drehte sich und ihre Gefühle explodierten in ihrem Bauch wie ein Feuerwerk. Bea wusste, sie kannte das Mädchen, doch es war, als stünde sie vor einer Tür, die sie noch öffnen musste, um zu sehen, wer die Person dahinter war.

Dieses Mädchen war der Schlüssel zu allem, was Bea sich nicht erklären konnte: das Ding auf dem Berg, das Verschwinden aller Dorfbewohner, die Dunkelheit, das Erscheinen der Raupe, die Träume und Erlebnisse der letzten sieben Jahre. All dies und noch viel mehr.

Als würde diese Wahrheit zwischen den Bäumen hängen wie ein Spinnennetz. Die Fäden ergaben ein Geflecht und passten genau zusammen, Faden um Faden, jeder hatte seinen Platz im Gewebe. Doch ein ganz entscheidendes Detail fehlte in diesem Netzwerk. Die Spinne.

Wer war sie? Wo kam sie her und wo würde sie hingehen? Und dann war da noch die Fliege, die genau in der Mitte klebte. Diese Fliege war Bea. Gefangen und hoffnungslos verloren – oder?

Beas Füße berührten den Boden kaum, sie fühlte sich so taub. Gleichzeitig war ihr, als wär sie um mindestens zehn Zentimeter gewachsen. Immerhin hatte das Mädchen gesagt, sie hätte die letzte Prüfung geschafft und das letzte Glückstier warte bereits auf sie. Bei diesem Gedanken kehrte das Leben ein Stück weit zurück. Die Blätter knisterten unter Beas Sandalen und der weiche Waldboden federte ihre hastigen Schritte ab.

Der Duft von Getreide und Gras wehte zu ihr herüber und sie konnte schon das Sonnenlicht durch die Bäume fallen sehen. Sie näherte sich dem Waldrand. Hoffentlich hatten ihre Freunde auf sie gewartet. Bea wusste nicht, wie lang sie im Wald gewesen war. Waren es fünf Minuten oder fünf Stunden gewesen? Sie konnte es nicht einschätzen. Jegliches Zeitgefühl war ihr abhandengekommen, in all der Aufregung.

Plötzlich sah Bea etwas Buntes hinter einer dicken Eiche hervorblitzen. Sie blieb stehen, als wäre sie gegen eine Wand gelaufen. Was war das? Da versteckte sich doch jemand oder etwas! Bea versuchte, zwischen den dicht stehenden Baumstämmen die Umrisse zu erkennen. Ja, dort vorn, da war eindeutig eine Gestalt. Bea ging einige Schritte in die Richtung.

Die Aufregung drückte gegen sie, als würde sie unter Wasser laufen. Sie kam kaum voran. Bei jedem Schritt klopfte ihr Herz schneller und leichter Schwindel ließ den Boden schwanken. Vor ihren Augen zuckten Blitze und einige Zahlen kamen zum Vorschein. Endlich, da waren sie wieder. Ihre Zahlen würden sie beruhigen. Bea zählte und kam bis dreiundvierzig, als sie nah genug zwischen Tannen und Eichen stand, um das Tier zu erkennen.

Es war wieder eine Katze! Diesmal eine kleinere als das Ungetüm von vorhin. Etwa so groß wie das Ferkel und in den Farben Braun, Weiß und Schwarz. Eine dreifarbige Glückskatze. Ihre Mutter nannte diese Katzenart so. Bea seufzte. Das Lächeln und die Stimme ihrer Mutter versetzten ihr einen Stich, der durch den gesamten Körper fuhr. Bald würde sie wieder zu Hause sein, dachte Bea und schluckte schwer.

Die Katze saß einfach nur da. Ihr brauner Schwanz hatte eine weiße Spitze und umschloss sie wie ein Band. Ihre schwarzen Pfoten waren in militärischer Präzision vor ihr positioniert. Den weißen Kopf hatte sie hoch erhoben und mit einem schwarzen und einem braun umrandeten Auge blickte die Glückskatze auf Bea herab. Sie erinnerte Bea genauso wie die goldene Unglückskatze an eine dieser ägyptischen Statuen, die als Gottheiten verehrt wurden.

Bea zögerte, spielte mit ihren bunten Haarsträhnen zwischen den Fingern. Sie blickte die Katze an und wartete darauf, dass sie reagierte. War dies das letzte Glückstier? *Das letzte Glückstier wartet bereits auf dich!*, hatte das Mädchen vorhin gesagt und Bea war sich sicher, dass es die Katze war. Eine Glückskatze, was passte da auch besser. Bea verschränkte ihre Hände und räusperte sich.

»Ja, endlich!«, schnurrte die Katze. »Ich dachte schon, ich würde hier zur Götterstatue werden, wenn ich noch länger hätte warten müssen!«

»Entschuldige!«, sagte Bea und senkte ihren Blick.

»Ist schon gut, mein Kind. Du bist müde, das verstehe ich, nach einer solchen Reise.« Bea blickte auf und nickte. Die Katze sprach mit einer Stimme, so süß wie Zucker. Bea spürte ein Ziehen in ihrer Brust und sie drückte mit der flachen Hand darauf.

Ihre Mutter klang genauso, wenn sie Bea tröstete. Es war ein Gefühl, als würde man zwischen Daunenfedern versinken und den Duft von Vanille und Erdbeeren in sich aufsaugen.

»Liebe Katze, bringst du mich nach Hause?« Bea ging in die Hocke, um auf derselben Ebene, wie die Katze zu sein.

Diese schnurrte und knipste ihre Augen zusammen. »Mein Kind, es schmerzt mich, aber das Schlimmste deiner Abenteuerreise steht dir leider noch bevor. Wenn ich könnte, würd ich es verhindern, so wie ich gern die Kälte und all die Unwetter dieser Erde verhindern wollte. Doch die Natur nimmt keine Rücksicht auf unsere Gefühle, mein Kind. Wir müssen lernen, unsere Gefühle zu beherrschen und unser Schicksal zu akzeptieren.«

Ein Windhauch ließ das Blätterdach rascheln, die Sonnenstrahlen tanzten um die beiden herum. Bea fuhr der Wind geradezu ins Herz und schüttelte es durch. Einige Blätter fielen in ihre Magengrube und kratzten unangenehm. Bea blickte in die grünen Augen des Tieres, sie schimmerten wie Kristalle. Die Katze durchbohrte Bea mit ihrem Blick und plötzlich fiel der Vorhang. Es war, als hätte dieses Glückstier die Verpackung ihrer Erinnerungen weggerissen und nun kam ein Bild nach dem anderen.

Bea wurde zu Eis und schlug die Hände vor ihr Gesicht. Sie konnte kaum atmen und war kurz davor, in Ohnmacht zu fallen. Der Boden fing an, Wellen zu schlagen. Die Bäume drückten auf Bea ein und dann schrie und weinte sie wie nie zuvor. Die Vögel, die sich in den Bäumen versteckt hatten, schossen in sämtliche Richtungen davon und das herunterfallende Laub hüllte Bea ein, als wolle der Wald sie damit trösten.

Sie sackte zusammen wie ein Luftballon, bei dem der Knoten geöffnet worden war, sah ihre Zahlen, sammelte sie ein wie tote

Vögel, die vom Himmel gefallen waren. Dann zählte sie, als ginge es um Leben und Tod. Es beruhigte sie, die Zahlen halfen, Ordnung in ihr Gehirn zu bekommen. Es vergingen mehrere Minuten, bis sie aufblickte – in die Augen der Katze, die sie noch immer fixierten.

Das Tier blinzelte versöhnlich, sprang dann auf Bea zu und schleckte ihr über die Hände. »Du musst es ertragen und es dann loslassen wie einen Ballon, der fliegen muss. Schließe deine Trauer nicht ein, sonst zerreißt sie dich wie ein Löwe. Schau, mein Kind, du hast jetzt uns! Deine Glückstiere, wir sind für immer bei dir, du kannst uns zu jeder Zeit rufen. Wir sind du, und solange du lebst, solang sind wir da. Vielleicht sogar darüber hinaus.

Du hast so viel geschafft. Den Zweifel, den die Krähe gesät hat. Die Schlange, die dich fortlocken wollte. Die süßen, ewigen Träume der Nachtfalter, aus denen es kein Erwachen gegeben hätte. Die Schnecke, die dich in ihr totes Haus locken wollte, aus dem du nie wieder herausgekommen wärst. Die Fliegen, die dich mit zu ihrem ›Herrn der Fliegen‹ genommen hätten. Und schließlich die Trauer, die dich fressen wird, wenn du jetzt nicht stark bist und all das hinter dir lässt.«

Sie schnurrte und schmiegte ihren warmen, weichen Kuschelkörper an Beas Kopf, der inzwischen auf dem Boden im Laub gebettet war. Bea lag eingerollt, als wäre sie die Katze. Sie starrte in die Leere und wusste nicht, wie sie es schaffen sollte. Wie sollte sie die Trauer besiegen? Alles war eine Lüge, die gesamten letzten sieben Jahre. Das Ding auf dem Berg existierte nur in ihrer Fantasie. Alles war nur Einbildung.

Bea hatte sich seit sieben Jahren eine eigene kleine Welt aufgebaut, in der sie sich sicher gefühlt hatte. Doch diese Welt war nicht real. Diese Scheinwelt zerbröselte gerade zu Staub. Sie rieselte herab wie Regen, und Bea zitterte vor Kälte. Die Katze hatte recht. Sie musste der Realität ins Auge blicken, wie einem Raubtier, damit es sie nicht mit Haut und Haaren verschlang.

Es gab kein Ding auf dem Berg, das alle Bewohner aus dem Dorf gelockt hatte. Es gab keine dunklen Wolken über Nirval. Und es gab keine Mutter, die zu Hause auf Bea wartete.

Stumm ertrug Bea die Last. Die Traurigkeit kroch aus ihrem Herzen und dann ließ sie endlich los. Ihre geliebte Scheinwelt stieg empor, kämpfte sich durch die Baumkronen hindurch und verschwand als roter Luftballon zwischen dem Wolkenmeer.

Die Erinnerung

W o sind meine Glückstiere?«, fragte Bea und ihre Stimme bröckelte bei diesen schweren Worten. Ihren Hals verschloss ein Klumpen, der das Sprechen fast unmöglich machte. Beas heile Welt war gerade von einem Frühlingstag zum Eissturm geworden.

Sie war die letzten Jahre auf einem gefrorenen See gestanden, unter ihr – in der unendlichen Tiefe – hatte sich die Wahrheit versteckt.

Die Eisschicht, einst dick und stark, war nun mit einem einzigen Schlag zerbrochen und zu Tausenden von Splittern zerschellt. Jeder einzelne von ihnen schnitt Bea in die Seele, sie fiel in die Tiefe und landete auf der harten Wahrheit. Bea musste sich an ihre neue Umgebung gewöhnen und das konnte sie nur mithilfe ihrer Freunde.

Wo waren sie? Und was erwartete Bea zu Hause? Jetzt, wo ihre Erinnerung zurück war. Sie strauchelte über den Trampelpfad wie eine Betrunkene.

Die Erinnerungen hatten ihr das Gleichgewicht genommen, von allen Seiten drückte ein Bild auf sie ein. Ihre lachende Mutter. Der Berg. Fabian. Die Dunkelheit. Allein würde sie es nicht schaffen. Die Wahrheit würde sie zerquetschen wie eine lästige Fliege.

Und ihr schützender Mantel war abgefallen. Da, hinter ihr, am Wegesrand, da lag er und zerfiel zu Staub.

»Deine Freunde sind immer bei dir, auch jetzt, aber du kannst sie nicht sehen, weil du noch nicht all deine Erinnerungen losgelassen hast. An einigen klammerst du dich noch fest. Erzähl mir alles, an was du dich erinnern kannst!«

Die Katze stolzierte mit erhobenem Haupt vor Bea dahin. Sie war eine Grazie, jede Bewegung mit der Anmut einer Tänzerin. Ihr buntes Fell schimmerte im Glanz der Sonne und es sah aus, als würde sie ein heller, goldener Schein umgeben.

»Ich kann das nicht! Ich ...«, stotterte Bea, hielt an und schlug die Hände vors Gesicht. Sie wanderte wieder im Dunkeln, der Nebel war zurückgekehrt.

»Papperlapapp!«, fauchte die Katze. Sie blitzte Bea an, als würde sie Pfeile aus ihren Augen schießen.

Bea zuckte zurück. »Ist ja gut, ich versuche es!« Sie atmete tief durch. Ihre Hände schwitzten, ihre Kopfhaut kribbelte und sie musste mehrmals schlucken, weil ihr Mund mindestens so trocken wie der Boden war.

»Ich war sieben Jahre alt ... als der Unfall passierte.« Bea stockte.

Die Katze schnurrte: »Hab keine Angst, mein Kind! Glaub an dich! Denke an deine Freunde, sie sind bei dir.«

Bea nickte, biss die Zähne zusammen und sagte: »Ich hab draußen mit den anderen Kindern gespielt. Hab mich gerade hinter unserem Kirschbaum versteckt. Fabian ist bei mir gewesen. Da hat meine Mutter nach mir gerufen, ob ich mit ihr auf den Berg gehe. Sie wollte Alpenveilchen pflücken, für meine Großmutter.

Eine Schlange hatte sie gebissen und das Gift in der Knolle des Veilchens sollte helfen. Ich bin aber nicht aus meinem Versteck herausgekommen Ich ...« Bea schluchzte und die Worte brannten wie Feuer auf ihrer Zunge.

Die Katze sprang in ihren Schoß, denn Bea war auf die Knie gesunken und vergrub ihren Kopf in den Händen. »Dich trifft keine Schuld, mein Kind. Der Berg hat deine Mutter gerufen. Dort lag ihr Schicksal, du konntest nicht verhindern, dass der Geist der Berge sie behalten und nie wieder hergeben wollte. Sie gehört dorthin und auch du wirst eines Tages von einem Geist gerufen werden. Es ist nicht das Ende, sondern der Anfang von was Neuem.«

Die Erinnerungen schwappten über Bea zusammen, als wär sie ins Eiswasser gesprungen. Klirrende Bilder stachen wie Eiszapfen in ihren Körper und hinterließen Wunden, die niemals heilen würden. Narben, die Bea für den Rest ihres Lebens zeichneten. Ihre Gefühle waren eine Schar Motten, die gegen eine Lampe flogen, sich daran verbrannten und an ihrer Sucht, der Dunkelheit zu entkommen, im Licht zu Staub verpufften.

Ihre Gefühle suchten das Licht, aber in der Dunkelheit wohnte der Schutz. Nur dort war ihre Seele sicher. Beas erfundene Realität war der Sonnenschirm, der sie vor zu viel Licht schützte. Nun aber war ihr Schirm weggerissen worden und ihre Haut brannte, ihr Herz kochte und die Gefühle wurden zu Asche. Bea weinte und schluchzte wie nie zuvor. So lange, bis kein Tröpfchen mehr in ihr war.

Die letzte Träne kullerte über ihren Handrücken, über den Finger, an dem der Ring gesteckt hatte. Der Ring – Der Ring! Bea durchzuckte der Gedanke wie ein Stromschlag.

Sie sah die dicke Eiche, das Laub. Sie roch Erde und Kiefernholz. Die Raubkatze – das Ungeheuer.

Das Mädchen. Das Mädchen! Die dunkle Haut, gebräunt wie pures Gold in der sanften Bergsonne. Das Haar, so glänzend und schwarz wie der Sternenhimmel bei Nacht. Ihre Ohrringe, das Kleeblatt. Nun wusste sie plötzlich, woher sie es kannte. Ihre Mutter hatte dieselben Ohrringe zu Hause in ihrem Schmuckkästchen aufbewahrt. Bea hatte sie einmal tragen dürfen und war unendlich stolz gewesen.

Bea blickte auf die Strähnen in ihrem schwarzen Haar. Zu dem Silber, Gelb, Grün, Rosa, Orange und Blau war nun ein Gold dazugekommen. Das konnte nicht wahr sein, doch Bea wusste, wer dieses Mädchen war – und wer die Raupe war. Alles lag klar vor ihr wie ein geöffnetes Buch. Auf der einen Seite die Raupe und auf der anderen Seite – ihre Mutter.

»Das Mädchen war … ist … meine Mutter!«, stammelte Bea und blickte in die Augen der Katze vor ihr. Ihr Spiegelbild glänzte verzerrt in den grünen Pupillen.

Dann blinzelte die Katze und schnurrte: »Na also, geht doch!« Sie ließ sich von Bea über den Kopf streicheln und schnurrte noch lauter dabei.

»Aber dann … war sie ein … Geist? Oder wie geht das, dass sie als Mädchen hier …«, fragte Bea und ihr Blick huschte in der Luft herum, als finge sie unsichtbare Fliegen damit.

»Die Raupe ist der Schlüssel. Sie symbolisiert all deine Fähigkeiten zusammen. Wie ein Energieball. Deine Fantasie trifft auf deine Erinnerungen und formt mit deinem Glauben und deinem Mut die Gestalt deiner Mutter, wie du sie sehen möchtest. In deinen Gedanken, in deiner Seele.

So ist sie trotzdem für immer bei dir. Du darfst niemals deinen Energieball verlieren. Deine Glückstiere sind dein Leben und all deine Hoffnung auf Glück.«

Bea erhob sich zitternd und blickte den Weg entlang. Hohe Birken bildeten eine Allee. Ihr Blätterdach war noch jung und karg, aber leuchtend grün. Die Sonne ließ ihre Feen und Elfen darauf tanzen wie Federn im Wind. Der Duft der Freiheit wehte Bea entgegen und das Zwitschern der Amseln und die Rufe der Falken lockten sie.

Das Abendrot legte sich wie ein Teppich auf den Kiespfad. Das war Beas roter Teppich in die Veränderung. Sie schritt der untergehenden Sonne entgegen wie eine Kriegerin ihren Gegnern.

Mit erhobenem Haupt und ihren sieben Tieren um sich herum. An ihrer Seite – rechts und links – begleiteten sie Katze und Kaninchen. Bea lächelte beiden zu und sie fühlte ihre Flügel wachsen.

Papillon

»Bea, mein Kind, wach auf! Du bist nun schon den siebten Tag hier draußen.« Die Stimme war wie Morgentau, der von Blättern perlte. Gezwitscher begleitete die Worte und der Duft von feuchter Erde und Lavendel erweckte Beas Sinne einen Spaltbreit.

In ihrem Kopf hüpften die Bilder wie die Heuschrecken in einem Kornfeld, die Gedanken – ein Blitzlichtgewitter.

Beas Erinnerungen wuchsen wie Löwenzahn aus der Erde, bis sie ihr gesamtes Bewusstsein eingenommen hatten. Sie schlug die Augen auf, als würde sie gerade neu geboren werden.

»Mein Schatz! Heute musst du wieder hinein ins Haus, denn ein Gewitter ist im Anmarsch!«

Ein Gesicht, vom Leben gezeichnet, jede Falte ein Erlebnis – ein Schicksalsschlag – zuletzt der Verlust ihrer geliebten Tochter. Und schließlich die Krankheit ihrer Enkelin.

Trotzdem glitzerten die Augen der Großmutter wie die Reflexion von Glas, bunt wie ein Regenbogen. Und ihr Lächeln war eine Verbeugung vor dem Leben. Keine einzige Falte rührte von Sorge oder Ärger. Großmutter trug das Leben wie eine Feder, trotz der Last des Schicksals.

Beas Herz purzelte in ihrer Brust, als wär es ein kleines Kätzchen. Ohne zu zögern, umklammerte Bea ihre Großmutter, als würde sie sie nie wieder loslassen wollen. Sie drückte ihren Kopf an ihre Brust und spürte den Herzschlag, der wie Flügelschläge klang. Eine warme Hand streichelte ihren Kopf. Die Zeit blieb stehen, doch das Zwitschern und der Geruch von Kaffee und Brot wurden weiterhin zu ihr getragen.

»Ich habe nur geträumt«, murmelte Bea.

»Hast du wieder einmal schlecht geträumt, mein Kind?«

»Nein ... es war ... wunderschön«, flüsterte Bea und ihr Hals war ganz trocken. Eine Welle schwappte durch ihren Körper. Ein Gefühl, welches sie noch nicht kannte. War es Glück? Fühlte sich glücklich sein so an?

Glück ist ein Moment, ein Flügelschlag, ein Lufthauch, ein Augenblick. Doch er wirkt fort für lange Zeit und schenkt Energie. Ein Steinwurf ins Wasser, der unendlich weite Kreise zieht. Der ein ganzes Meer belebt und in Bewegung setzt.

Bea sprang hoch. Sie stellte sich auf und sagte: »Großmutter, ich bin gesund! Ich bin wieder gesund und kein Arzt muss sich mehr wegen mir die Haare raufen.«

»Wie meinst du das? Wie soll das gehen?«

»Ich weiß nicht, da war die Raupe! Und die Glückstiere und die Unglückstiere und dann – die Glückskatze und ich ... ich habe meine Fähigkeiten zurück. Ich habe ... ich bin ...« Beas Worte machten ein Wettrennen und das eine stolperte über das andere.

»Mein Kind, nun komm erst einmal zu dir.« Die Großmutter nahm ihre Hand und zog sie zu der Bank, die unter dem Kirschbaum stand.

Sein rotes Blütendach schirmte die aufgehende Sonne ab, nur vereinzelt drangen Lichtblitze hindurch und warfen Muster auf das helle Kiefernholz der Bank. Zwei weiße Kissen lagen dort, auf die Bea nun von ihrer Großmutter gedrückt wurde.

»Bleib hier sitzen. Ich hole frischen Jasmin-Tee. Der wird dir gut tun. Er beruhigt die Nerven und weckt die Lebensgeister!«

Bea blickte ihrer Großmutter – die durch einen Bogen verschwand, an dem bereits die ersten Rosenblüten aufgesprungen waren – wie in Trance hinterher. Weiß und rosa. Waren die vorher auch schon offen gewesen? Bea wusste es nicht mehr. Hatte sie nur geträumt? Was meinte die Großmutter damit, dass Bea seit sieben Tagen hier draußen wäre? Sie hatte das Haus nicht verlassen, seit das Ding gekommen war ... seit Mutter in den Bergen verschwunden war. Oder?

Sie musste alles neu sortieren. Dafür brauchte sie Geduld. Bea strengte sich nicht mehr an, sie ließ ihre Gedanken los wie einen Luftballon und blickte in den Himmel. Die Wolken zogen vorüber. Genau wie ihre Erinnerungen. Bea sah ihnen zu.

Ihre Freundin Svenja mit den weißen Haaren und Augen wie Eis. Kiara, mit den schwarzen Locken, sie war so wild wie ein Piratenmädchen, so eines, wie Bea gern gewesen wäre. Fabian, ihr Freund, der die besten Verstecke kannte und in den sie heimlich verliebt war.

Wusste er, dass ihr Herz immer etwas lauter schlug, wenn er bei ihr war? Wusste er, dass sein Gesicht so oft in ihrem Kopf herumspukte? Dass sie stets nach ihm Ausschau hielt, egal, was sie tat? Doch seit sieben Jahren hatte sie keinen mehr von ihnen gesehen.

Ihre Mutter, wie sie an jenem Tag Richtung Berge geeilt war und Bea sie nicht begleitet hatte. Denn Bea wollte bei ihm bleiben – bei Fabian. Er sollte sie suchen, hinter dem Apfelbaum, an dem die Schaukel sanft hin und her schwang. Bea sah ihrer Mutter nach. In einer Hand den Korb, in der anderen eine Weste. In den Bergen würde es schnell kalt werden. Ihre Haare waren zu einem Knoten gebunden und um den Hals hatte sie ein rotes Tuch getragen. Mit Blumen darauf.

»Bea! Bea?«

Die Bilder verdunsteten wie Nebelschwaden.

»Bitte schön, dein Tee.«

Eine weiße Teetasse, mit goldener Umrandung. Bea ergriff sie. Ihre Finger zitterten ein wenig. Sie umklammerte die warme Tasse mit beiden Händen und seufzte tief. »Danke!«

»Jetzt erzähl, Bea, was ist passiert?«

Und Bea erzählte. Sie sprudelte wie eine Quelle und war dankbar für den Tee, denn mehrmals war ihr Mund zu trocken vom vielen Erzählen. Die Sonne war bereits über den Kirschbaum gewandert und schien den beiden Frauen ins Gesicht. Es war angenehm warm – nicht zu heiß.

»Ich habe mich verwandelt. Das hat die Raupe gesagt«, endete Bea ihre Geschichte. »Stimmt das? Seh ich anders aus?«

»Du hast bunte Haare!« Die Großmutter lächelte und berührte die bunten Strähnen. Eine nach der anderen. Silber, grün, blau, rosa, orange, lila und golden.

Tatsächlich. Die Strähnen! Die hatte sie ganz vergessen. Dann war es also wirklich kein Traum gewesen? Bea legte ihren Kopf an die Schulter der Großmutter.

»Ich habe immer gewusst, dass du es schaffst! Nur die Ärzte, die haben alles noch schlimmer gemacht. Mit ihren unnützen Tabletten und der grausamen Bettruhe. Eine Schande! Aber ich konnte nichts tun, mir waren die Hände gebunden.«

Sie wiegte Bea sanft hin und her. Im Takt des Windes, der von den Bergen herüberwehte, als wolle er sie ebenso hinauflocken.

Bea drehte ihren Kopf und blickte in die grauen Augen der Großmutter. Nun konnte sie doch eine Sorgenfalte zwischen den Augen aufblitzen sehen. Sie fuhr mit dem Finger darüber, als wolle sie die Falte damit glattstreichen.

»Was ist in der Zeit geschehen? Was ist mit meinen Freunden? Was ist mit … Fabian?« Nun erschien die Falte auf Beas Stirn. Sie blickte in die Ferne, dort, wo das Dorf lag. Die anderen Häuser duckten sich wie kleine, braune Hasen in die Wiese. Nur der Kirchturm ragte klar erkenntlich hervor.

»Sie sind noch immer hier und jedes Mal, wenn ich deinen Fabian sehe, fragt er nach dir. Doch er traut sich nicht herein.« Bea stach es in die Brust. Ihr Herz wurde ausgepresst wie eine Orange und der Saft tropfte aus ihren Augen heraus.

Großmutter tätschelte Bea den Arm. »Was denkst du denn? In deiner Welt hat niemand mehr existiert, nicht mal ich! Du hast mich nicht gesehen, du hast mich wie Luft behandelt. Ich weiß noch immer nicht, wo du mit deinem Kopf warst, in der ganzen Zeit.«

»In der Dunkelheit. Im Schutz der Finsternis, und da war immer noch … sie! Mama war auch in meiner Welt − sonst niemand.«

»Aber die Natur hat dich zurückgeholt, mein Kind. Da war dieser Arzt, der hat dir Gartenaufenthalt verordnet und mit jedem

Tag dort draußen ging es dir besser. Am ersten Tag hast du aus heiterem Himmel gesungen!«

Großmutter lachte laut auf.

»In echt? Und dann?« Bea blühte auf. Genau wie auf ihrer Reise! Sie hatte beim Kaninchen wieder gelernt zu singen. »Welches Lied?«

»Häschen in der Grube«, sagte Großmutter. »Und am zweiten Tag hast du getanzt. Wie eine Prinzessin bist du über den Rasen geschwebt.«

Bea schmunzelte. Das war alles höchst sonderbar. Sie war hier und doch wieder weg, war im Garten und zugleich auf Abenteuerreise gewesen. Wie konnte das nur sein? »Am dritten Tag hab ich wieder an mich glauben können …«, flüsterte Bea.

»Was sagst du?«, fragte Oma.

»Egal … nun bin ich wieder hier – und was jetzt?« Wie würde das Leben weitergehen, denn Bea wusste gar nicht mehr, wie man richtig lebte. Sollte sie ihren Freunden einen Besuch abstatten? Aber sie waren keine Kinder mehr … würden sie Bea noch erkennen? Und wenn ja, interessierten sie sich überhaupt noch für sie? Für ihre Geschichte. Es wäre nicht auszuhalten, wenn Fabian sie abweisen würde, wenn er sich einfach umdrehen würde und sie stehen ließe.

Bea fröstelte und Großmutter warf ihr einen besorgten Blick zu, dann sagte sie: »Jetzt gibt es erst einmal Blaubeer-Pfannkuchen und anschließend machen wir einen Spaziergang.«

Beas Magen knurrte bei dem Wort. »Wohin gehen wir?«

»Ich zeig dir etwas, dort oben.« Großmutter zeigte mit dem Finger genau dorthin, wo das Ding gestanden hatte. Oben, auf dem Gipfel des Berges.

»Da geh ich nicht hoch!«, platzte es aus Bea heraus.

»Es würde dir gut tun, glaub mir! Es ist ein so wundervoller Ort.«

Bea nickte und senkte den Kopf. Ihre bunten Strähnen glänzten in der Morgensonne. »In Ordnung, ich habe ja meinen Mut durch das Ferkel zurückgewonnen«, murmelte Bea.

»Durch das was?«

»Egal! Gehen wir Blaubeer-Pfannkuchen essen. Ich habe seit sieben Jahren keinen mehr gegessen«, sagte Bea und kicherte.

***

Mit Bäuchen voller Pfannkuchen spazierten Bea und Großmutter gegen Mittag in Richtung Berg. Sie hakten sich gegenseitig unter und summten gemeinsam ein Lied nach dem anderen. Wilde Lupinen und hohe Gräser säumten den Weg. Das Dorf lag hinter ihnen.

»Mein Kind, ich bin so unfassbar stolz auf dich. Du bist so stark und tapfer. Wie ein Phönix aus der Asche. Wie ein Schmetterling aus einer Raupe …«

Der Schmetterling! Die Raupe!

Bea durchzuckte ein heftiger Stromschlag. Die Raupe hatte recht gehabt, sie hatte sich tatsächlich verwandelt, sie war wirklich etwas Besonderes. Bea durchströmte eine Welle wie warmer Tee. Ihr Herz machte einen Sprung und am liebsten wäre sie den Berg hinauf gerannt, so voller Energie war sie.

»Hey, kleiner Papillon!«

»Was?«

»Du bist gemeint, Mädchen! Hast es geschafft, Papillon, du bist ein Schmetterling geworden.«

Bea blickte sich um, Oma war es nicht, die gesprochen hatte, denn die summte weiter ihr Lied und bewunderte die Umgebung. Sie bemerkte gar nicht, was vor sich ging.

»Papilla-Papilla-Papillon«, ertönte ein Pfeifen. »Du bist so schön und so glücklich«, säuselte das Stimmchen. Und da fuhr ein Licht in Beas Bewusstsein und zauberte das Bild der grünen Raupe in ihren Kopf. Natürlich. Die Raupe!

Beas Augen tasteten sich an ihren Armen entlang, an denen ihre Härchen silbrig hochstanden, vor Spannung und Aufregung. Nichts. Dann wanderte ihr Blick auf ihre Hände, ihr Kleid, die Sandalen, die im Kies bei jedem ihrer Schritte knirschten. Auch nichts.

»Hier bin ich! So schön bunt sind deine Haare, mein Kind. So schön.«

Als Beas Augen sich an ihre Haare hefteten, sah sie das Tierchen. Es saß auf ihrer Schulter, halb bedeckt von der grünen Strähne. »Ich bin stolz auf dich, Papillon!«

Durch Beas Körper fuhr eine warme Brise, ließ ihr Herz einen Purzelbaum schlagen und bildete einen Knoten in ihrem Hals. Tränen sammelten sich in ihren Augenwinkeln wie Morgentau auf einem Blatt. Die Hitze des Eifers stieg in ihre Wangen.

»Danke«, flüsterte Bea. Die restlichen Worte, die sie sagen wollte, versickerten wie ein Tropfen Wasser im Sand. Doch mehr Worte bedurfte es sowieso nicht. Alles war gesagt. Die Raupe war verschwunden und an ihrer Stelle fächerte ein Schmetterling kühle Luft in Beas Gesicht.

Er war wunderschön. Mit goldenen Reflexen auf den Flügeln, die sich als Goldstaub verteilten. Wie Zauberei. Der Zauber der Natur.

Bea blickte zu ihrer Großmutter. Diese erwiderte ihren Blick, nahm Beas Hand und lächelte. Es fühlte sich an, als würde Bea in Samt und Seide gehüllt, so warm wurde ihr ums Herz bei Großmutters Anblick. Wie viel hatten diese Augen schon gesehen? Wie viel Millionen Tränen im Leben vergossen? Ein ganzes Meer womöglich.

»Da sitzt ein wunderschöner Schmetterling auf deiner Schulter, mein Schatz!«

»Papillon!«, sagte Bea und schmunzelte.

»Ein schönes Wort für ein so edles Geschöpf«, sagte Großmutter und bewunderte das Tier auf Beas Schulter.

Nun war der Berg nicht mehr fern. Die Aufregung wuchs mit jedem Schritt. Wie ein Glas, das man füllt. Hoffentlich gingen ihre Emotionen nicht über und überschwemmten alles in ihr drin. Bea spürte etwas Warmes in ihrer Hand. Ein Druck. Finger, die in ihre griffen. Doch es war nicht die Seite, auf der ihre Großmutter ging.

Langsam drehte Bea ihren Kopf, als fürchte sie sich vor dem, was sie nun sehen würde. Doch sie musste hinschauen.

Da war sie wieder, mit ihren Knopfaugen, die Bea wie Glut durchbrannten. Ein Feuer flackerte in ihrer Brust.

Das Mädchen aus dem Wald. Es ging an Beas Seite, als wäre dies selbstverständlich. Konnte Großmutter sie auch sehen? Bea schielte zu ihr. Ein Lächeln – ein Schulterzucken.

Nun war der Fuß des Berges erreicht.

Bea sah eine dreifarbige Katze auf einem Stein sitzen. Mit leuchtend grünen Augen starrte sie hinüber. Wie eine heilige Statue sah sie aus. Die Glückskatze?

War das ein Symbol für das Glück, das dort oben auf sie wartete? Vielleicht. Bea lächelte der Katze zu und knipste mit den Augen.

Das Mädchen, das ihre Hand gehalten hatte, war nicht mehr da. Bea hatte ihre Mutter endlich losgelassen und fühlte sich frei. Frei wie der Milan über ihnen. Frei wie der Wind zwischen Himmel und Erde. Frei wie die Gedanken in unseren Köpfen.

Bea spürte etwas Kühles an ihrem Finger. Es war die Hand, die das Mädchen gehalten hatte. »Der Ring«, flüsterte Bea und ertastete das glatte Material und den kleinen Stein daran.

»Ich bin ein Schmetterling geworden, Großmutter. Papillons können überallhin fliegen, sogar in fremde Welten. So kann ich sie jederzeit besuchen.«

Großmutter lächelte, als wüsste sie alles, was zwischen Himmel und Erde geschah. Sie streichelte Bea übers Haar, ergriff ihre Hand und beide blickten in Richtung des Gipfels.

»Kleiner Papillon, breite deine Flügel aus und flieg!«

Und Bea flog.

Ende

Danksagung

Beas Geschichte begann ich im Mai 2020 zu schreiben. Der Frühling schien in jenem Jahr intensiver als sonst. Waren die Wochen zuvor so dunkel wie lange nicht mehr gewesen. Ich wage es, zu behaupten, dass ich nicht die Einzige bin, der es ähnlich erging.

Die meiste Zeit verbrachte ich mit meinen Kindern in der Natur und schätzte unsere Freiheit mehr denn je. Ich weinte um die Menschen (vor allem um die Kinder), die in ihrem Zuhause keinen Schutz, keine Freude, erfuhren. Die den Duft der Blüten und die Heilkraft des Waldes nicht vor der Haustür hatten. Ich weinte um die unzähligen Menschen, die auf der Flucht sind, und keine Hilfe bekommen. All die Emotionen, die ich dabei sammelte, mussten in Beas Geschichte zum Leben erweckt und somit unsterblich werden.

Das Glück, das jeder Einzelne von uns sucht, kann nur in uns selbst gefunden werden. Egal, was wir durchgemacht haben oder was uns noch bevorsteht, nichts kann uns glücklich machen, außer der Frieden mit uns selbst. Es ist das Kind in uns, das geheilt werden muss und all den verlorenen Kindern in unserem Inneren widme ich diese Geschichte. Sodass jeder, der sie liest, wieder zu sich selbst finden möge.

Ich danke allen, die mich bei diesem Herzensprojekt unterstützt haben!

Ich danke dir, Annika, für dieses zauberhafte und absolut perfekte Cover und auch für deine mentale Unterstützung bei sämtlichen meiner Anliegen.

Danke, Lara, für dein hilfreiches Lektorat. Denn auch eine Lektorin kommt nicht ohne aus. Für eigene Fehler ist man einfach blind.

Ich danke dir, Mama, für deine Unterstützung. Auch dieses Mal warst du mir eine wertvolle Testleserin. Ich danke dir auch, dass du uns beigebracht hast, dass Bienen wertvoller als Gold sind und dass es sich für jeden Frosch lohnt, aus dem Auto zu steigen und ihn davor zu bewahren, als makabres Straßenkunstwerk zu enden. Ich denke, den Bezug zur Natur können nur wir Eltern unseren Kindern vermitteln. Ich hoffe, ich werde es genauso gut wie du hinbekommen.

Ich danke auch dir, Papa, weil du eine ebenso wichtige Aufgabe in unserer Erziehung übernommen hast. Du warst es, der uns gelehrt hat, den Mut aufzubringen, gegen die Dunkelheit zu kämpfen und nicht in ihr zu versinken. Durch dich haben wir gelernt, dass die irdische Welt der geistigen Welt untergeordnet ist und dass es wichtiger ist, eine reine Seele zu haben, anstatt in diesem Leben alles erreichen zu müssen. Auch wenn diese Lektion für beide Seiten nicht immer einfach war, so war sie doch richtig.

Ich danke meinem Mann und meinen beiden Kindern, die immer hinter mir stehen und mich unterstützen. Das Zeichnen der Illustrationen zusammen mit euch hat so viel Spaß gemacht.

Zu guter Letzt danke ich allen Lesern und Leserinnen für euer Interesse an Beas Geschichte. Ich hoffe, sie kann euch ein wenig von ihren Erfahrungen mit auf den Weg geben, denn ich bin fest davon überzeugt, dass sich in jedem von uns ein kleiner Papillon versteckt. Wir müssen ihn nur frei lassen.